新しき将軍

御庭番の二代目 7

氷月 葵

時代小説
二見時代小説文庫

目次

新しき将軍――御庭番の二代目7

江戸城概略図

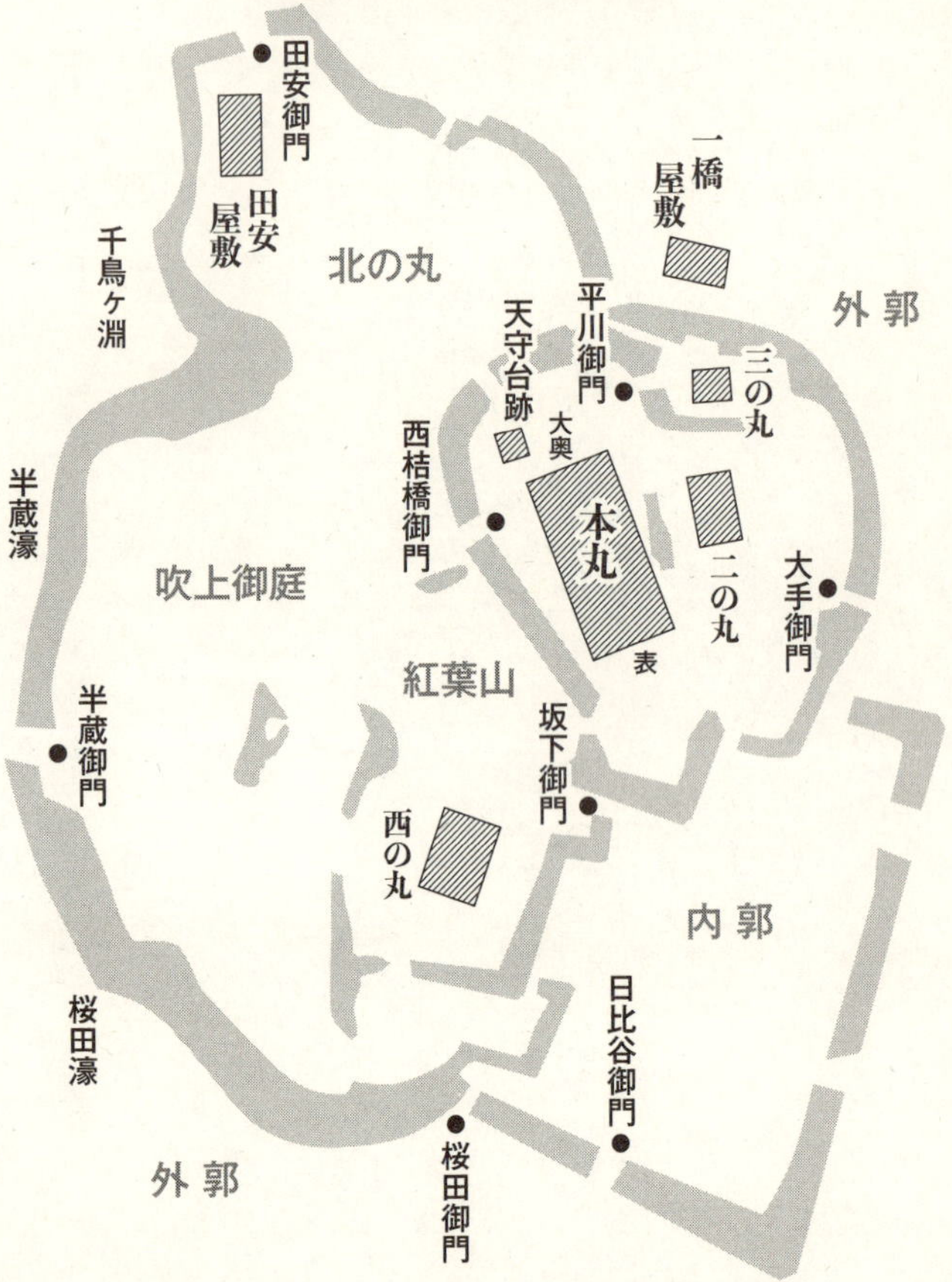
田安御門
田安屋敷
千鳥ケ淵
北の丸
一橋屋敷
外郭
平川御門
天守台跡
三の丸
大奥
西桔橋御門
本丸
半蔵濠
吹上御庭
二の丸
大手御門
表
紅葉山
坂下御門
半蔵御門
西の丸
内郭
日比谷御門
桜田濠
外郭
桜田御門

第一章　城内の噂

一

江戸城、本丸中奥《なかおく》。

御庭番の詰め所に、窓から微《かず》かな風が流れ込んでくる。

延享《えんきょう》二年（一七四五）、五月。

窓をいっぱいに開けるために、宮地加門《みやぢかもん》は立ち上がる。と、それを見上げて、話し込んでいた数人の御庭番のなかから声が上がった。

「そういえば加門、宮地家は家督《かとく》相続の願いを出したのだろう。どうなった」

「はい、まだお沙汰《さた》はないようです」

宮地家当主である父の友右衛門《ともえもん》は、四月に二代目の加門に家督を譲るべく、公儀にその許しを願い出ていた。それが認められない今、まだ加門は見習いの身分だ。

「しかたあるまいよ」

　別の声が次々に上がる。

「そうだな、今は、もっと大きな代替わりのために、上の方々は忙しいのだ」

「うむ、我ら御庭番ごときにかまってはいられまいよ」

「宮地殿も願い出た時期が悪かったな」

　父の友右衛門は今日は非番で出仕《しゅっし》していない。

「そういえば加門、今日は医学所に行かなくともよいのか」

　加門は医術を学べ、という西の丸の家重《いえしげ》の命《めい》を受けて、医学所に通っている。

「ええ、主要な講義はひととおり終えたので、最近は、行ったり行かなかったりでよいのです」

「そうか、二足のわらじでよく頑張《がんば》ったものだ」

「いえ、足らぬものばかりで」加門は照れを見せまいと顔を窓へと向けた。

「ちょっと、庭を見まわってきます」

「ああ、外のほうが涼しくて気持ちよかろう」

　その声を背に、加門は中奥から庭へと出た。

そのまま御殿の外側をまわり、大奥の裏から東側へと出る。そこには、御広敷門《おひろしきもん》があり、中には玄関や勝手口の七つ口がある。大奥の女中たちはここから出入りするのだ。

その御広敷門から奥女中が一人出てきて、石垣へと走って行く。その向こう側は崖《がけ》のように切り立っている。本丸は最も高い場所にあるためだ。石垣の下には白鳥濠《はくちょうぼり》と呼ばれる濠があり、二の丸と本丸を隔《へだ》てている。

加門は目で奥女中をとらえると同時に、走り出した。

奥女中の顔はこわばり、目は一点に石垣の縁《へり》を見つめている。着物と帯から、それほど上でもなく下でもない、中くらいの身分がうかがえた。

飛び込むつもりだ……。加門の足が速まる。

大奥の間近にあるこの縁から、過去にも身を投げた奥女中がいた。

「待たれよ」

石段を登る奥女中に声をかけ、加門もそれを登る。

縁に立った奥女中は加門を振り返った。

その目は揺れつつも、強い力を放っている。

「だめだ」

加門は右手を伸ばし、女の腕をつかむ。

が、すでに奥女中の身体は大きく傾いている。

左手を女の背にまわしたそのとき、加門の身体も重心を失った。

足が地を離れ、抱きかかえた女とともに、加門の身体は宙に浮いた。

そのまま下へと、落ちていく。

目が石垣を捉える。

石垣は上から下に向かって、緩《ゆる》やかな勾配《こうばい》を見せている。

真上から飛び降りた者は、途中、石垣にぶつかり、水面に落ちたときには血を流しているのが常だ。

「まずい」

加門は身体をひねり、足で石垣を蹴った。

その衝撃で二人の身体が、石垣から離れる。と、そのまま濠に落下し、水飛沫《みずしぶき》を上げた。水中へと沈み込む。

息を止めた加門の腕の中で、女が暴れる。

腕に力を込めてそれを抑えると、加門は水を蹴って、水面へと顔を出した。

女が水を吐き出し、咳《せ》き込む。

加門は息を吸い、顔を上げた。

「なんだ」

濠端《ほりばた》に人が集まって来るのが見える。

「落ちたのか」

「おい、縄だ。縄を持ってこい」

「大丈夫か」

上から覗き込む者らに頷《うなず》いて、加門は左右を見た。右側の石垣が低い。

そちらに向かって泳ぎ出すが、腕の中の奥女中が暴れ、しがみついてくる。

沈みそうになり、加門は水を飲んで、慌てて吐き出した。

「じっとしてください」

が、女は咳き込みながら、しがみつくのをやめない。

「縄があったぞ」

駆けてきた武士が縄の輪をほどく。

「おう、投げろ」

「みんな、縄を持ってくれ」

数人が持った縄の先が、水面に投げられる。

加門はそちらに手を伸ばし、もがきながらもなんとか縄の先をつかんだ。

「よし、しっかり持っていろよ」

濠端の武士らが、それを右のほうへと引っ張っていく。

端まで来ると、濠も浅くなり、加門の脚が水底を捉えた。

「そら、あげるぞ」

「よし」

差し出された人々の手が、奥女中の着物をつかんで引っ張り上げる。

それを押し上げた加門も、やっと地面へと上がることができた。

奥女中は地面に横たわり、激しく咳き込んでいる。

「ああ、助かったか」

「どうしたのだ」

二人を取り囲んだ人々のざわめきが高まる。

「そちらは大事ないか」

問われた加門は、口中《こうちゅう》の水を吐き出すと頷いた。

「もしや、心中か」

誰かのつぶやきが洩れた。一瞬、場がしんとなる。

「なんと」大声がそれを破った。「奥女中と相対死《あいたいじ》にとは……」

　高まるざわめきに、加門は顔を上げた。

「違います」

「心中は御法度《ごはっと》であるぞ」

「それも城中でやるとは」

「不届《ふとど》き千万《せんばん》」

　重なる怒声に、加門も声を高める。

「そうではありません」

「ええい、目付《めつけ》を呼べ」

「この者、引き立てましょうか」

　ざわめきも高まる。が、不意にそれが止んだ。

「こ、これは……」

　場が静まり、人々が左右に割れる。

「なにごとか」

　現れたのは将軍吉宗《よしむね》だった。

　加門は慌てて、姿勢を正す。が、ちらりと顔を上げた。

吉宗は片眉を寄せる。

「む……宮地加門ではないか。いかがした」

「おそれながら」人垣の中から一人が声を上げた。

「奥女中と相対死にを計ったようでございます」

「相対死にとな……」

吉宗は、傍らで倒れ込んでいる奥女中を見やった。

治まらない咳に、女は身を起こせないでいる。

吉宗の口元が弛《ゆる》んだ。

「そうではなかろう」

吉宗が見つめる女の姿に、皆の目も集まる。加門も改めて女の顔を見た。

ほつれた鬢《びん》には白髪《しらが》が幾筋か混じり、苦しそうに歪《ゆが》む顔には、皺《しわ》が見て取れる。おそらく四十を数えた年齢であろう。

「加門、申してみよ」

「はっ」加門は低頭してから、やや顔を上げた。

「御広敷門を通りかかったところ、こちらのお女中が石垣に向かって走って行くのが見えましたので、あとを追いました。縁で追いついて腕をとったのですが、押さえることができずに、ともに落ちてしまったのです」

「ふうむ、この者を知っておるのか」

「知りませぬ」

「そうか、まあちょうどよい、加門、そなたこの女中を養生所《ようじょうしょ》に連れて行ってやるがいい。して、落ち着いたらなにゆえに飛び込もうとしたのか聞いてみよ」

「はっ」

「そうさな、そのわけが些末《さまつ》なことであれば、聞き捨てるがよい。捨ておけぬことと、思うたら、余に……いや、西の丸の家重に報告せよ」

「はっ、承知いたしました」

加門が低頭する。

目の端に、吉宗の足が向きを変えるのが見えた。

が、その足がすぐに止まった。

「上様、いかがなされました」

吉宗の背中に向かって声が響いてくる。その声に、加門はちらりと顔を上げた。

吉宗に向かって歩いて来る声の主《ぬし》は、老中首座《ろうじゅうしゅざ》松平乗邑《まつだいらのりさと》だ。

間近に来た乗邑に、吉宗のお付きの者が答える。

「この者らがお濠に落ちたのです」

「お濠に……」

乗邑が地面の二人を見る。

俯《うつむ》いたまま、加門はその目が自分を捉《とら》えたのがわかった。肩に力が入るが、身動きはしないまま、その強い目を背で受けた。乗邑からは、役目の上で怨《うら》みを買っている。

が、乗邑の目は、知らぬ者とでも言いたげに、すぐに逸《そ》らされた。

「このような端《はした》の者、上様がお気に留めることはありますまい」

乗邑の言葉に吉宗は、

「いや、これらも家臣ぞ」

と苦笑を返して背を向けると、汐見坂《しおみざか》のほうへと歩き出した。

乗邑も踵《きびす》を返し、城表のほうへと戻って行く。

加門はそれぞれの背中を見送って、立ち上がった。

「お女中殿、立てますか」

腕を支えると、奥女中は咳き込みながらもなんとか立ち上がった。

二

外桜田《そとさくらだ》、御庭番御用屋敷。

加門が湯殿《ゆどの》から戻って来ると、父の友右衛門が立ち上がった。

「ちゃんと温まったか」

「はい」

「そうか、ずぶ濡れになったのだから、冷やさぬように気をつけろよ。さて、ではわたしも湯を浴びることにするか」

入れ違いに、父は廊下を進んで行く。

廊下の先からは、夕餉《ゆうげ》のよい匂いが漂ってくる。

その支度《したく》をしていた母の光代《みつよ》が、奥の部屋にやって来た。

「加門、千秋《ちあき》さんが見えましたよ」

はい、と加門が振り向くと、すでに千秋が立っていた。

「お濠に飛び込んだのですって、今、下城した兄から聞きました」

慌ただしく千秋が向かいに座る。

同じ御庭番である村垣家《むらがきけ》の、千秋は三女だ。加門とは夫婦になる約束をしている。

「飛び込んだのではなく、落ちたのです」

「ああ、そうでした、奥女中を助けたのだそうですね、お怪我はなかったのですか」

「ええ、このとおり」

加門はぽんと胸を叩く。

「まあ、ようございました」千秋は首を伸ばす。

「で、そのお濠というのは深いのですか」

加門は思わず吹き出した。造りに関心を示すのは、いかにも千秋らしい。

「深いですね、落ちたとき、底に着きませんでしたから。簡単に立てるようでは、敵を防ぐことはできませんし」

「あら、それはそうですね」

千秋も笑顔になる。が、すぐにそれを収めた。

「なれど、そのお女中は、なにゆえにそのようなことをしたのでしょう」

「さあ、それは……今日は咳き込んで喉が荒れてましたし、ちゃんと話せるようになったら、聞いてみるつもりです」

そう答えながら加門は、以前に千秋の言った言葉を思い出していた。

以前、持ち込まれた他家との縁談を千秋が断ったときだ。意に染まぬ婚姻《こんいん》をするくらいなら大奥に上がる、と千秋は言い切った。さらにその後、千秋は加門に向かって、本心を告げた。大奥に上がるよりも加門の妻になりたい、と言ったため、加門もそれを受けたのだった。

「白鳥濠は大奥の出入口御広敷門のすぐ前にありますから、これまでにも幾度となく、奥女中の身投げがあったのです。大奥は、なにかとつらいことが多いのでしょう」

まあ、と千秋が頬を歪める。

「多くの女《おなご》があこがれる場所ですのに……なれどそうですね、武家なども体面は整えているものの、内実は火の車。表と裏はどこも違うのでしょうね」

「そういうこと、ですね」

加門は苦笑を浮かべて千秋を見る。おそらく千秋ならば、大奥でもうまくやっていけるだろう。聡《さと》く機転が利くし、気は強いが人にやさしい……。が、その言葉は胸の底に沈めた。この先、夫婦げんかをしたときに、いざとなったら大奥に行けばよい、と開き直られたら困る。

「あ、もしかしたら」千秋が目を見開いた。

「お女中の身投げは、あのことと関わっているのでしょうか」

加門はぐっと詰まる。千秋の兄の清之介《せいのすけ》はすでに家督を継いで、御庭番として出仕している。口の軽いところがある清之介は、おそらく家でも城中のことなどを喋《しゃべ》ったりしているのだろう。

「いや、それは……」

言いよどみながら、加門は廊下から近づいて来る足音に耳を向けた。

「千秋さん」母が顔を出す。

「お豆腐《とうふ》をつぶすの、手伝ってくださいな。加門の身体が温まるように、しんじょ汁を作りますから」

「はい」

千秋が立ち上がる。

加門はほっとして、廊下から振り返った千秋に微笑《ほほえ》んだ。


三日後。

御用屋敷から、加門は外へと出た。

いましも雨が落ちてきそうな薄曇りの空を見上げ、加門はその顔を奥へと向けた。

御庭番御用屋敷は、江戸城の内濠を渡ってすぐの外桜田、鍋島藩《なべしまはん》の囲い内にある。

そして同じ囲い内に、大奥女中の養生所として使われている屋敷もあるのだ。

そもそもは養生所が先にあり、御庭番御用屋敷は、吉宗が将軍になったあとに造られたものだ。紀州《きしゅう》から連れて来た御庭番は吉宗独自の家臣であったため、新たな屋敷が必要となる。そこで選ばれたのが、この囲い内だった。城内でのことを決して口外してはいけない、という定めを負うのが大奥の者と御庭番だ。同じ場所に屋敷を構えるのに支障はない、と判断されたのだろう。が、加門はこれまで養生所に近づいたことはなかった。

加門は広い庭を横切って、大奥養生所へと向かった。

玄関に立つと、内から見ていたらしく、すぐに尼姿の老女が現れた。

三日前、ずぶ濡れの奥女中を運び込んだ折に、対応してくれた者だ。かつては大奥勤めをしていた者で名は篠山《ささやま》と、自らを名乗った。

その凜《りん》とした佇《たたず》まいに、加門は礼をする。

「ごようすはいかがですか」

「はい、今日はだいぶよくなりました」

奥女中の名は安藤《あんどう》美鈴《みすず》といい、呉服之間《ごふくのま》勤めであることを、老女は聞き出し、昨日、加門にも教えてくれていた。

「声も出るようになりましたから、話もできましょうぞ。あちらの四阿《あずまや》でお待ちくだされ。行かせますゆえ」

老女が指で示した先に、小さな四阿があるのを認め、加門は頷いた。養生所とはいえ大奥の屋敷、男を入れるわけにいかないのだろう。

戸も壁もない四阿の内側には四方に腰かけ板が張られ、座れるようになっている。

そこで待っていると、やがて美鈴と篠山がやって来た。

加門と向き合うと、深々と頭を下げ、美鈴は詫びと礼を繰り返した。

「真《まこと》に、ご迷惑をおかけいたし、なんと申し上げてよいか……」

「ああ、よいのです、たまたま行き会ったのもなにかの縁でしょう。さ、どうぞ、おかけください」

横の板に、美鈴が腰を下ろすと、篠山は加門の向かい側に座った。目を離すわけにはいかぬ、とその顔が語っている。

加門は軽く咳払いをすると、美鈴に顔を向けた。

「飛び込まれたわけを尋ねよ、と上様に命じられたので、お聞きせねばなりません。お話しいただけますか」

美鈴は小さく肩をすくめると、上目で加門を窺《うかが》った。

「宮地加門様は御庭番とお聞きしました。なれば、城内のことはおくわしいはず……上様が御隠居なされる、という噂は本当でしょうか」

　加門は再び咳で喉を鳴らした。

「その噂はわたしも聞き及んでおりますが、噂以上のことはわかりません」

「そうですか……大奥の中はその噂で持ちきりで、皆、狼狽《うろた》えておるのです。公方様《くぼうさま》の代替わりとなれば、御殿が入れ替わるはず。家重様が本丸に移られ、上様が西の丸に移られると聞きました。西の丸の大奥は本丸に比べればずいぶんと狭いという話。そうなのでしょうか」

　ちらりと目を向けられ、加門は顔を逸らした。

「わたしは大奥に入ったことがないので、くわしくは知りません。ですが、西の丸は御殿の大きさが違いますから、確かに、本丸ほどは広くないでしょう」

「やはり……そうなれば、本丸大奥の者が皆、移ることはできないのでしょうね」

　美鈴の言葉に、「これ」と声が上がった。篠山だ。

「上様が西の丸に移られるといっても、本丸大奥までが移るわけではない。御年寄《おとしより》や御重役の皆様は本丸にお残りになるはずじゃ。いや、むしろ付いて行くのは少数であろう」

でも、と美鈴の顔が歪む。

「この機に大奥の者が減らされるというもっぱらの噂。わたくしのような軽い者、おまけに年も年……おそらく一番に暇《いとま》を出されることでしょう」

篠山の顔も歪み、それに関しては言葉を返さない。

加門はそっと篠山を窺った。年はおそらく六十から七十のあたりだろう。五代将軍綱吉《つなよし》の頃に、大奥にいたに違いない。仕えていた将軍亡きあと、中臈《ちゆうろう》や御年寄が引き続き大奥に勤める場合、落飾《らくしよく》して仏門に入るのが普通だ。篠山もその一人なのだろう。

篠山が美鈴を見据える。

「そなた、旗本の娘と言うておったな。初めは御三之間《おさんのま》に入ったのであろう。芸事は習わなかったのか」

武家の娘が大奥に上がると、御三之間勤めからはじまるのだが、そこでは芸事を習う者も多い。身につけば、皆に披露《ひろう》して無聊《ぶりよう》を慰めるのだ。

篠山は昔を思い起こすように、上を向いた。

「三味線《しやみせん》や鼓《つづみ》、笛《ふえ》や舞などを身につけ、大奥から下がったあとは、それを教える者も多いと聞いたぞ」

美鈴は小さく首を振った。

「わたくしは、そちらの才がまったくありませんで……かわりに裁縫が好きでしたので、呉服之間にまわされたのでございます」

呉服之間に勤める者は、将軍や御台所《みだいどころ》の着物をしたてるのが仕事だ。ひたすら裁縫に励み、将軍の目に止まって御中﨟《おちゅうろう》にならない限り、それ以上に出世することはない。

「なれば安藤、町に戻って仕立てをすることもできよう」

呉服之間の者は名字で呼ばれるのが慣習だ。篠山はくいと顎《あご》を上げた。

「それが……」美鈴が眉を寄せる。

「最近では目が霞《かす》むことが多く、手が遅れるようになったのです」

加門はそれを聞いて口を結んだ。暇を出されるかもしれない、という美鈴の心配を「無用」と言うことができない。

美鈴は俯《うつむ》く。

「わたくし、お役御免を覚悟いたしまして、家に戻りたいと文《ふみ》を送ったのです。今更、嫁の口があるわけもなく、戻る所は実家だけですので……なれど、家からはなんの音沙汰もなく……」

唇を噛《か》み、さらに俯く。

加門は震える細い肩を見つめ、ふうと息を吐いた。それゆえ、先行きを絶望して、身を投げようとしたのか……。そう思うと、実《じつ》のない慰め言葉をかけることはできない。しかし……捨て置いてよいことではないな……。

「お話、わかりました」加門は拳《こぶし》を握った。

「美鈴殿が案じられているのならば、同じように心配されている方々もおられるはず。このこと、上のお方にお伝えします」

「さようでございますか」

すがるような美鈴の顔に、加門は頷く。

「ええ、些末なこととは思えませぬゆえ。美鈴殿は、今はその心配から離れて養生なさってください。汚れた水を飲むと肺の臓を病むことが多いので、しばらくは静かにお休みなっていたほうがいい。篠山様、それはかまいませんか」

加門が顔を向けると、

「かまわぬ」

と、篠山は返した。

「では、わたしはこれで……」

加門が立ち上がると、美鈴も腰を上げた。

「本当に、かたじけのうございました」

頭を下げようとする美鈴を、加門は手で制して笑顔を作った。

「気を病むと、身体まで病みます。どうぞ、今はお気持ちを楽に」

踵を返すと、加門は二人の女人に小さく礼をして、歩き出した。

三

加門は西の丸の立派な屋根を見上げた。

西の丸は将軍の世継ぎが住まう御殿だ。本丸に比べれば小さいものの、役人が詰める表と主《あるじ》が暮らす中奥、そして大奥もある。ここの主は吉宗の長男、大納言《だいなごん》家重だ。

加門は中奥の戸口で案内を乞《こ》う。すでに通い慣れているため、すぐに中奥へと使いが走り、そのまま上に上げられた。

廊下を進む加門の前に、田沼意次《たぬまおきつぐ》がやって来た。

「来たか、待っていたぞ」

そう言いながら、意次は加門の頭から足元までを見る。

「怪我はなかったのだな」

「伝わっていたか」

苦笑する加門の背を、意次は歩きながら叩いた。

「当たり前だ、本丸の騒ぎはすぐに知らされる」意次は自室の襖《ふすま》を開けた。

「家重様は今、将棋《しょうぎ》を指しておられる最中でな、もう少しで勝負がつくゆえ、待っていろ、ということだ」

そうか、と加門は中で意次と向かい合った。胡座《あぐら》の膝《ひざ》を進めて、加門は意次に寄ると小声になった。

「上様御隠居の噂は、城中に広まっているようだな」

「ああ、さすがにまだ城の外にまでは伝わっていないが、城中にはほぼ流れきったようだ」

片眉を寄せる意次に、加門も片目を歪める。

「そうか、不穏な動きに繋《つな》がらなければよいがな」

「ああ、このあいだの奥女中の身投げも、それ絡《がら》みなのではないか、と案じていたのだが」

「うむ、当人から話を聞いたところ、やはりそうだった。暇《いとま》を出されたらどうすればよいのかと、先行きの不安で己《おのれ》を見失ったらしい。よくわかったな」

「ああ、こちらの大奥は本丸に移るということで、皆、沸《わ》き立っているからな。反対の立場であれば、不安が募《つの》るであろうと、思い至ったわ」

そうか、と口を曲げる加門に、意次は、

「そろそろ行くか」

と、立ち上がった。

中奥の一室に着くと、家重が将棋盤に向かう姿があった。相手は若い小姓《こしょう》だ。

二人は部屋の隅に座ると、そっとそのようすを見た。

「あの小姓、まだ見習いなのだが、最近将棋の腕を上げてきたのだ」

意次がささやく。

加門は家重の真剣な眼差しを見つめる。

家重は将棋が好きで強い。父の吉宗もそのことはよく知っている。されば、上様は家重様が聡明《そうめい》であられることをよくおわかりのはず。いや、上様と我らこそが、それをわかっているのだ……。加門はそう考えて背筋を伸ばした。

「参りました」

小姓見習いがぺこりと頭を下げた。下がっていく小姓と入れ替わりに、加門と意次が進み出る。

家重は二人に向かって身体の向きを変えた。片付けられた将棋盤のあとに、小姓組《くみ》頭《がしら》の大岡忠光《おおおかただみつ》が座る。

家重は、右手を上げて二人を招く。

「もそっと近うへ」

声を投げたのは忠光だ。

加門は膝行《しっこう》しつつ、家重の顔を窺った。顔の左側は常に麻痺《まひ》で強《こわ》ばっており、とくに口の周囲が引きつっている。ために、大きく口を動かすことができずに、発語は不《ふ》明瞭《めいりょう》だ。そのため、周囲から暗愚《あんぐ》という誤解を受けている。

その家重の口が小さく動いた。

それを見つめる忠光が、そのあとに言葉を発する。

「加門の濠での出来事は聞いた。して、その奥女中、いかなるわけで身を投げたのか、わかったか」

家重の音声《こわね》を聞き取って、言葉に直すのが忠光の最大の役目だ。

家重十四歳の折、二歳年上の忠光が小姓として付いて以来、すでに二十一年が経つ。

忠光は家重の言葉を解すために、一方《ひとかた》ならぬ努力をしたと、加門は忠光の親類に当たる大岡越前守《えちぜんのかみ》忠相《ただすけ》から聞いたことがあった。

加門は低頭していた顔を上げると、「はっ」と答え、安藤美鈴から聞いた話を家重に伝えた。

「し、て……」

忠光がその音声を言葉に変える。

「その実家の意図はどうであるのか」

「それは、まだ聞き取ってはおりません」

ふむ、と家重が忠光を見る。

「は……では、それを調べよ、と仰せだ」

忠光の言葉に、家重がさらに口を動かす。

忠光は頷いて、加門を見た。

「さらに、大奥から町へと下がった者らが、いかように暮らしておるのか、それも確かめよ」

「はっ、承知いたしました」

加門は低頭する。上目の端に、家重の口が動くのが見えた。

「はっ、御酒《ごしゅ》でございますね」

隣の意次が立ち上がる。

意次も忠光と同じ十六歳の年に、家重の小姓として上がっている。が、意次は家重よりも年下であるため、仕えてからまだ十一年しか経っていない。それでも、忠光ほどではないが、家重の言葉を解することができる。

加門は酒を運ぶ姿を見ながら、これまでの意次の努力を思い起こしていた。

しかし、まだ明るいうちに御酒とは……。加門は、朱塗りの盃を口に運ぶ家重をそっと窺った。

音羽《おとわ》の道を歩きながら、加門は手にした紙を広げた。

安藤美鈴が描いた絵図が、そこに記されている。

実家を訪ねて話を聞いてみると加門が言うと、美鈴は眉を寄せて困惑を顕《あら》わにした。

〈実家を継いでいるのは、弟の勝馬《かつま》です。気持ちがやさしい子ですので、あまりきつく問われますと……〉

わかりました、と返事をしつつ、加門は、ならば姉を迎え入れるのではないか、と腹の中で首を傾げた。

表から細い道に入ると、旗本の屋敷らしい門がずっと並ぶ光景が見てとれた。が、門といって立派なものではない。家は代々、小納戸役《こなんどやく》だと、美鈴は言っていた。

角から七軒目、門の内に柿の木、と美鈴の記した文字を読み返す。

ここか、と加門は柿の木を見上げる。

「ごめんくだされ」

声を上げると、中間《ちゅうげん》が脇戸を開けた。

中には、柿の木のほかに松の木もある。造りは簡素だ。

玄関で待つと、奥から下城したばかりらしい安藤勝馬が現れた。腰を引いて、加門の姿を見る。姉の一件を、聞き知っているらしい。なにか沙汰があるのではないか、と恐れていることが窺われた。

「突然、訪ねましたが、わたしは……」

加門が名乗り、西の丸から命《めい》を受けたことを告げると、勝馬は慌てて奥へと案内した。

御庭番の役割は、以前は知られていなかったものの、最近では知る人も増えている。御家人《ごけにん》身分であるから旗本よりも下であるが、役目を知る者は恐れを隠さない。

「実は、姉上の安藤美鈴殿が……」

加門がいきさつを語ると、

「なんと……さようでしたか、あなた様が姉を助けてくださったのですか」

勝馬は改めて、深々と頭を下げた。加門は手でそれを制す。

「いえ、それはお気になさらずに。お尋ねしたいのは、美鈴殿をこちらで迎え入れるおつもりがおありかどうか、ということなのです」

「はあ、それが……」勝馬が肩をすくめる。

「姉と申しましても、十三の年で大奥に上がりまして、そのときわたしは六つ。あまり覚えていないのです」

「そうでしたか。お父上が上げられたのですよね」

美鈴から聞いていた話を思い出す。母は反対したらしいが、父の一存で決まったことだという。が、その両親もすでにこの世にない、と美鈴は言っていた。

「十三歳で大奥勤めとは、大変だったでしょうね」

「はあ、ですが、大奥では衣食にも不自由はなく、季節ごとの楽しみもあると、父は申しておりました」

「それは確かに……」節分《せつぶん》の豆撒《まめま》きや花見などは行われる。

「ですが、色々とつらいことも多い、と聞いています」加門は声が尖《とが》るのを、あえて抑えずに言った。

「美鈴殿は大奥の給金をこちらに送られていたそうですね」

当人から聞いた話を、加門は口にする。

貯めた金銭はないのか、と問うと美鈴は、

〈大奥のつきあいにもお金を使いますし、それを引いて家に送ると、残らないのでございます〉

そう首を縮めたのだ。

「ええ、それは……」

項垂《うなだ》れる勝馬の背後に、加門は目を向けた。襖の向こうに人の気配があるのが、気になっていた。が、その気配が廊下へと出て行ったのがわかった。

勝馬は首筋を掻《か》いた。

「幼い頃は知らなかったのです。家督を継いでから知ったわけでして……まあ、されど、それがなければ、お家の台所はどうにも……」

「なるほど、では姉上のお働きがお家を支えていたのですね」

皮肉に聞こえそうか、とも思うが、かまうものか、とも思う。

「まあそれは……ご存じでしょうが、小身の旗本の内実など知れたもの、我が家のみならず、よくある話ともいえまして……」

そう顔を歪める勝馬を見つつ、加門は耳を廊下に向けた。

足音が近づいて来る。と、障子に影が映り、声が響いた。

「失礼いたします」

奥方と思《おぼ》しき女が、茶を掲げて入って来る。

加門の前に茶碗を置くと、奥方は出て行こうとはせずに、勝馬の斜めうしろに毅然《きぜん》として座った。

「あ、これは妻《さい》の一枝《かずえ》です」

思いもかけぬ振る舞いだったらしく、勝馬は狼狽《うろた》えている。

「失礼を」一枝は手をつきつつも、顔を上げる。

「お話がつい聞こえましたもので、同席させていただくことにいたしました。この家の台所を預かる身として、関わらぬわけにはいきませぬので」

「なるほど」

加門が向くと、一枝はきっぱりと背筋を伸ばした。

そのとき、庭から高いいくつもの声が上がった。女の子と男の子の騒ぐ声だ。一枝はそちらに眼を動かすと、

「子供が九人おりまして、下は五歳」

と言い放った。

加門は失笑しそうになるのを、ぐっと呑み込む。庭で騒げと、言い聞かせたのだろう。なかなかの奥方だ……。

「姉上にはいろいろとお世話になってまいったようですが、この狭い屋敷には、姉上のお部屋がございませぬ。大奥からお下がりになられても、こちらでお迎えするのは難しいかと」

「お、おい……」

なめらかに話す妻を、勝馬は目を泳がせながら振り返る。

なるほど、美鈴殿の文に返事を出さなかったのは、この奥方の意向か……。加門は納得する。

堂々と加門を見据える一枝の顔には、揺らぎのない意志が見てとれる。

仮に、この家に戻ったとしても、美鈴は肩身の狭い思いをすることになるだろう……。そう思うと、加門はふっと、それまで力を込めていた目元を弛《ゆる》めた。

「そうですか、わかりました。わたしの役目は御意向を確かめること。これで、役目は終わりました」

加門はゆっくりと膝を立てた。

「も、申し訳ありません」

勝馬が頭を下げる。

「そのお言葉、美鈴殿にお伝えいたします」

加門は立ち上がると、小さく礼をして踵を返した。

四

加門は大奥の御広敷門に佇んでいた。

門番に取り次ぎを頼んでから、ずっと待ったままだ。会いたい相手は御伽坊主《おとぎぼうず》だった。

御伽坊主は大奥のなかで、唯一、中奥への出入りが許されている役だ。頭は剃《そ》っており、男物の着物に羽織といういでたちだ。

美鈴の一件の翌日、中奥の御庭番の詰め所に、御伽坊主の昌庵《しょうあん》がやって来た。美鈴の騒ぎで公方様がお出ましになった、という話を聞き、けじめをつけねばと考えたのだろう。昌庵は言った。

〈宮地加門殿はおられようか〉

はっ、と出て行くと、まだ三十代半ばと見える昌庵が毅然と顎を上げた。加門はいくどかその姿を見かけたことがあったが、声を聞くのは初めてだった。

〈昨日の安藤美鈴の一件、御年寄の浜岡《はまおか》様より礼を申す、とのことでございます〉

〈はっ、ご丁寧《ていねい》にありがたきこと〉

加門の返礼に、昌庵は会釈を残して戻って行った。

加門はそれを思い返しながら、門の内へと首を伸ばす。

本丸の大奥にほかに伝手《つて》はない。

あ、と加門は姿勢を正した。

昌庵が玄関からこちらにやって来る。

「これは、宮地殿、いかがなされた」

門を一歩出ると、昌庵は加門と向き合った。

「はい、お呼び立ていたしもうしわけありません。実は、お尋ねしたいことがあるのです」

「ふむ、どのようなことです」

昌庵は小首を傾げる。加門が御庭番であり、将軍や世子の命《めい》を受けていることはよくわかっている、という顔だ。

「大奥を下がった女人が、どこで暮らしているか、ご存じでしょうか」

「下がった者とな」昌庵はさらに首を曲げる。

「さあ、それはわたしの役目にはあらぬゆえ、心当たる者は思い浮かびませぬな」

昌庵は、あ、と首を戻す。

「宮地殿は外桜田の御用屋敷におられるのでは」

「はい」

「なれば、大奥養生所の篠山様は、知っておられぬか」

「あ、存じています。安藤美鈴殿の件でいくどかお話ししました」

「そうとあれば」昌庵は頷く。

「篠山様に尋ねられるがよい。あのお方は近年、病のためにこの大奥から養生所に行かれ、お元気になられたあとにあちらで勤めるようになったのだ。こちらに長く勤められておられましたから、多くの者を知っておられよう」

「あっ、そうか」加門は思わず、頭を掻いた。

「それは思い至りませんでした」

昌庵はやや皮肉の混じったような笑みで小さく笑う。

「わたくしはこう見えても、あのお方ほど長くは生きておりませぬ。大奥のことで知りたいことがあれば、篠山様が適任でありましょう」

「ああ、いや……ご無礼しました」

加門は礼をしたまま、二歩、うしろに下がった。

下がってから、身体を翻《ひるがえ》し、歩き出す。

が、すぐにその足を止めた。

「お待ちくだされ」

と、背後で男の声が上がったのだ。

振り向くと、武士が御広敷門へと駆け寄って行くのが見えた。

「御伽坊主殿」

その声に、一度、門の内に消えた昌庵がまた現れた。

なんだ、と加門は背を向けたまま、目で追う。

武士は紫色の風呂敷包みを手にしている。それを差し出すと、

「これを月光院《げっこういん》様にお渡し願います」

と、御伽坊主に掲げた。加門は耳を澄ませる。が、向き合った二人のやりとりは、
潜めるような小声になって、さすがに聞こえない。

やがて、昌庵は門内に消え、武士は踵を返した。

月光院様に届け物とは、どこの者だ……。加門は間合いをとって、その背中を追って行く。

月光院は前将軍家継《いえつぐ》の生母だ。

家継が八歳で逝去《せいきょ》したため、若かった月光院はいまだ健在で、今は吹上《ふきあげ》の御庭に屋敷を賜って暮らしているが、本丸大奥にもしばしばやって来る。大奥では、一番の権威を持つ女人《にょにん》だ。

加門は男から目を離さずに歩く。男は北の方角へ向かった。

もしや、と加門は唾を呑む。

男は北の丸に入り、真っ直ぐに進んだ。その先にあるのは、田安《たやす》屋敷だ。

男の姿が屋敷の中へと消えた。

加門は木立の陰から、田安屋敷を見つめる。

屋敷の主は吉宗の次男であり、家重の弟でもある徳川宗武《むねたけ》だ。

加門はそっと近寄って行く。

屋敷の側まで来ると、耳をそばだてた。

御庭番の家では、幼い頃から小さな音を聞き取る修練をさせられる。針を落とした音を、なんども繰り返し聞き取らされるのだ。ために、御庭番は誰もがすぐれた耳を持っている。

「そうか、御伽坊主に渡したか」宗武の声だ。

「ようやった、よく御伽坊主に会えたな」

「はっ、ちょうど御伽坊主が門に出ておりましたので」

先ほどの武士が答える。

「うむ、あとは待つだけ……御苦労であった、下がってよいぞ」

はっ、と武士が廊下に現れた。

加門は慌てて木の陰に身を隠す。

待つ、とはなにをだ……。加門は胸中でつぶやきながら、そっと北の丸を離れた。

大川《おおかわ》にかかる永代橋《えいたいばし》を渡り、加門は深川《ふかがわ》の町へと入った。永代寺の門前に続く表通りを折れ、町中の細い道を加門は紙片を手に歩く。

紙片に書かれているのは、篠山が教えてくれた名だ。

〈大奥から下がったあと、この春乃《はるの》は深川で三味線と舞を教えていると聞いておる。御家人の娘なれど、家には戻らずに町屋で暮らしておるという話じゃ。それを頼って、やはり大奥から下がった女《おなご》が集まってくるらしい。訪ねれば、話が聞けましょうぞ〉

道の先から三味線の音が聞こえてくる。

ここか、と加門は小さな二階家を見上げた。

「ごめん」

はい、と戸を開けて老女が加門を見上げた。

城から来た、と告げると、

「まあ、ではお上がりを」

すぐに座敷へと通してくれた。

「まあまあ、お武家様とは」

すぐに現れた春乃は、武家の娘というよりは三味線の師匠という風情《ふぜい》で、にっこりと微笑んだ。

隣の座敷では、弟子達が稽古《けいこ》する三味線の音が響いている。

加門は少し膝を進めてから、声を落とした。

実は、と語る加門に、春乃は神妙な面持ちになった。

「大奥を下がった者の暮らし向きですか……わたしにわかることであれば、お答えできますが」

なよやかな科《しな》が消え、春乃の背筋が伸びる。

加門も背を伸ばした。

「大奥から下がったお方は、芸事を教える人が多いのですか」

「はい、わたしのほかにも多《おお》ございますよ。大奥では幸い、芸を教えてくれるお人がたくさんおりますから、鳴り物やら踊りやら、謡《うたい》やら、好きなことを習えるのです。で、町に戻ったあとは、こうして教える、と。面白いでしょう、こうして町娘に芸を教えると、その芸を持って、娘らは大奥に上がるんですよ。町娘は豊かな家の子らですから、しばらく勤めて下がっていきますけれどね」

「武家の出の方は、勤めが長いのですか」

「ええ」春乃は苦笑する。

「わたしは十四の歳に上がって、十年ほどおりました。家は貧しい御家人でしたから、娘が多いと負担になるばかりでしてね、そら、町の子が奉公に出されるのと同じですよ、口減らしといってもいいでしょう」

口減らし、と加門は口中でつぶやく。

「公方様が変わらなければ、もっといたでしょうね、吉宗公が将軍になられて、大奥の人減らしをしたために、わたしなどはお払い箱になったんですよ」

春乃は苦笑混じりに、ほほほと笑う。

「大奥を下がったお人らは、家には戻らないのですか」

加門の問いに、春乃は肩をすくめる。

「いえ、それは戻るお人もおられますよ。若ければ嫁入りの口もありますしね。されど、年を重ねればもう嫁《とつ》ぐなどは無理。それに、兄弟が家督を継いでしまえば、もう居づらいばかりですもの。なので、こうして町で暮らすことになるんです。馴れてしまえば、これもまた楽しゅうございますよ」

また、ほほと笑う。が、すぐにその笑いを収めると、首を突き出した。

「宮地様とおっしゃいましたね、どなたにわたしのことをお聞きなすったんです」

「篠山様です、大奥養生所の」

まあ、と春乃は顔を巡らせると口を大きく開いた。

「小里《おさと》様」

言うと同時に、先ほどの老女が盆を手に入ってきた。

「はい、お茶を持って参りましたよ」

「いえ、小里様、このお方、篠山様にこちらを知らされたそうです」

まあ、と小里が目を見開く。

加門は二人を見た。

「ご存じですか」

「ええ、ええ。厳しく躾《しつ》けられましたから」

篠山は頷き、春乃もそれに合わせる。

「あのお方は物知りですものね」

へえ、と加門は改めて並んだふたりを見つめた。歳はいくつくらいだろうか、春乃殿は話からして五十過ぎ、小里殿は見た目からして七十ちかくというところか……。

御庭番の修練で、人の年を見極める術は教えられてはいる。肌の張りや皺の具合、白髪の有無や姿勢などで、ほぼ推《お》し量《はか》ることができるのだ。だが、相手が四十の半ばを過ぎてしまうと、それもだんだんと難しくなっていく。一人ひとりの差が大きくなり、簡単には読めなくなってくるのだ。

「この家は小里殿の物なのですか」

加門の問いに、二人は首を振る。

「まさか、家までは買えません」春乃は小声になった。

「この家はもっとずっと前に大奥を下がったお人が、もらった物なんですよ。大店《おおだな》の旦那のお妾《めかけ》になったそうです」

「ええ、そう」小里が頷く。

「お絹《きぬ》殿はこの近くで鼓を教えていたのです。そこに通っていた娘の父親が大店の旦那で、器量よしであったお絹殿を気に入ってしまって、是非にと乞うたそうです。お絹殿も悪い気はしなかったそうで、お妾になったと聞きました。されど、その旦那さんが亡くなってしまったあとは一人でしょう。気ままに暮らしてらしたので、大奥下がりの女達が頼って、集まって来たんですよ」

小里の言葉に、春乃が頷く。

「わたしは小里様について、ここに来たんです。ここがなかったら、わたしのような不器量者は、惨《みじ》めな暮らしになっていたはず。ほんにありがたいこと、と感謝しているのです」

「まあ、春乃殿の腕があればやっていけますよ」そう言いつつ、小里が顔をしかめた。

「大奥下がりの女のなかには、どこにも行く所がなく夜鷹《よたか》になった者もある、などという恐ろしい噂も伝わってきますからね」

「まあ、痛ましいこと」

春乃が口を押さえる。

ねえ、などと頷き合う二人に、加門は、

「お二人とも、本当はずっと大奥にいたい、と望まれていたのですか」

と問うた。

小里は首を横に振る。

「いいえ、わたしは大奥は気詰まりで、もうお暇をいただこうと思っていたので、ちょうどよかったのです」

「あら、そうでしたの」

春乃の意外そうな声に、小里は小さく笑う。

「ええ、わたくしは綱吉様の頃に上がったものの、公方様が次々に代替わりされたでしょう、大奥も大変だったのですよ」

綱吉のあとを受けた六代将軍家宣《いえのぶ》はわずか四年の在位で世を去り、七代目を継いだ幼い家継もさらに短い三年ほどで逝去した。

小里は肩をすくめた。

「それに天英院《てんえいいん》様はおやさしかったけれど、月光院様は恐ろしくて……下がろうと決めてましたの」

加門は唾を呑み込んだ。

「月光院様は、怖い方なのですか」

「あら、いえいえ」小里はあわてて手を振る。

「まあ、なんというか……なれど、前将軍ご生母として大奥を取り仕切るのは明らかでしたから、少しね……」

言葉を濁す小里に、加門は口を閉じた。おそらくそれ以上は言わないだろう……。

「いや、色々とお話が聞けて助かりました。あの、小里殿のお年を聞いてもかまいませんか」

あら、と小里は口を押さえる。

「わたくしはもう七十を過ぎております」

え、と加門は目を見開く。

「それは……お若いですね、もっと下かと思いました」

「あらあら、うれしいこと」

小里が身を捩《よじ》る。

加門は春乃を見た。

「春乃殿も話を聞く前は四十代だと思っていました」

「まあ、そんな、どうしましょう」

二人の女は身を寄せ合って笑う。

人と気易くなじむのは御庭番の探索術の一つだが、これは術だけではない。加門の本心も含まれていた。やはり女人はわからない……。

「では、これにて……」

笑みを浮かべて、加門はゆっくりと腰を上げた。

五

加門が西の丸に赴《おもむ》くと、ちょうど庭に意次の姿があった。

「おう」と、加門に気づいて手を上げる。

寄って行くと、意次が小声で言った。

「家重様は今、萬二郎《まんじろう》様のお顔を見に、大奥に行かれているのだ」

萬二郎は二月に生まれたばかりの家重の次男だ。長男の家治《いえはる》は、自らの手で育てると言った吉宗と本丸に暮らしている。

「そうか、ならばちょうどいい、そなたにも話があるのだ」

加門は、顎で庭の四阿を示した。

二人で腰を下ろすと、加門はあたりを見まわし、人気《ひとけ》がないのを確認した。

「先日、大奥の御伽坊主を訪ねたのだ……」

加門はそこに田安家の家臣がやって来たことを告げる。

「田安……」意次は眉を寄せる。

「宗武様はまたなにかを企《たくら》んでいるのだろうか」

二人の目が宙で交わった。

宗武は幼い頃から言葉も達者で機転も利き、英明と言われてきた。兄の家重が暗愚と誤解されているのとは逆だ。このため、家重を排し、宗武を世継ぎとすべし、と言い出した者があった。老中松平乗邑だ。

才知を買われ、吉宗の右腕となっていた乗邑は、その考えを進言したのみならず、城中で公言することも憚《はばか》らなかった。そうなれば支持する者も現れ、家重廃嫡《はいちゃく》、宗武を世子へ、という潮流が城中に生まれてくる。そしてその流れに最も乗ったのが、宗武本人だった。我こそが将軍に相応《ふさわ》しい、と自負心を顕《あら》わにしたのだ。そして宗武と仲のよい三男の宗尹《むねただ》も、それに乗った。

「宗武様を世継ぎとする案は、上様御自身も迷われていたようだからな」

加門のつぶやきに、意次も頷く。

「ああ、すぐに打ち消されなかったのは、お心に揺れがあったのだろうな」

結局、しばらくしてから吉宗は、家重が後継であることを公言した。

しかし、乗邑や宗武がそれであきらめたようすはなかった。乗邑はその後、老中首《しゅ》座《ざ》に上りつめ、さらに財政を司《つかさど》る勝手掛《かってがかり》にも任命される。吉宗に次ぐ表の権威となったのだ。

権力が大きくなれば、傘下に入る者も増える。乗邑に阿《おも》ねる人々は、宗武擁立《ようりつ》を密かに支持していた。家重の身になにかが起これば、それは現実となりうるのだ。

「上様の迷いが、宗武様と首座様を勢いづかせたのだろうな」

加門のつぶやきに、意次も頷く。

「うむ、上様の迷いは臣下の迷いとなるからな」

が、その流れに棹《さお》を差したのが、西の丸の長男誕生だった。家重に生まれた長男が聡明であったことで、吉宗の腹は定まったらしい。仮に家重の在位が短くとも、家治に継がせれば問題はないと考え、そのことが家重廃嫡の流れを断ったのだ。

意次は腕を組む。

「月光院様にお届け物とは、なんだろうか、まさか黄金《こがね》とか……」

「いや」加門は首を振る。

「いかにも軽々と持っていたから、あれは菓子だろう。まあ、菓子であれば、上様も家重様もお届けになるから、不思議ではないが」

「それはそうか。天英院様亡きあと、大奥を統《す》べるのは月光院様となられたのだから、重く扱うのは当然のことだしな」

頷く意次に加門は顔を寄せると、声を落とした。

「なあ、上様を将軍に推《お》したのは天英院様だと聞いたことがあるが、そうなのか」

ふむ、と意次も声を低める。

「わたしもそう聞いている。前の御台様《みだいさま》のお言葉が強く働いた、とな」

天英院は公家《くげ》から嫁いだ家宣の御台所だった。子を二人なしたがともに夭折《ようせつ》。その後、側室になった月光院が男児を産み、その子が将軍を継いで家継となったのだ。将軍生母として、月光院は力を持つようになった。

加門は口を歪ませた。

「その天英院様も亡くなられ、今は御台様がいないものな」

家継は婚姻しないままに夭折したために、御台所は生まれなかった。さらに、吉宗の正室も早くに逝去し、御台所はいないままだ。

「だが」意次も顔を歪めた。

「宗武様が言われた、待つという言葉が気になるな」

「うむ、そうなのだ。あの宗武様だから、引っかかるのだ。あの菓子折には、書状が入れられていたのではないか、とも思えてな。で、そなたに話したかったのだ。このこと、家重様に申し上げたほうがよいのではないか、と考えたのだが、どうだ」

「ああ、それがよいと思うぞ」

意次は、西の丸御殿を見やる。と、

「おっ」と立ち上がった。

「大奥からお戻りだ」

家重が、中奥の廊下を歩く姿が見える。

「行こう」

踏み出す意次に、加門も続いた。


加門は低頭した頭を、ゆっくりと上げた。

家重が眼で頷く。

まずは、下命を受けた大奥の件を話さなければならない。

「濠に身投げをした安藤美鈴の弟に会いましたところ……」

受け入れることはできない、と言われたことを告げる。家重の目元が小さく歪むのが見てとれた。

「町で暮らす大奥下がりの女人も訪ねたのですが……」

加門は春乃や小里の語ったことを、聞いたままに伝えていく。

途中で、ふと家重が身を乗り出した。

口の動きを読んだ大岡忠光が、一つ間を置いて咳払いをすると、加門を見る。

「夜鷹とはなにか、とお尋ねだ」

あ、と加門は思わず天井を仰ぐ。

「ええ……夜鷹というのは、身をひさぐ女《おなご》のことでございます。遊郭《ゆうかく》や岡場所の女も同様ですが、そちらには雇い主がおり、その支配する家、のような場所で商売をいたしますが……」

そう説明をしても、加門はそうした場に上がったことはない。夜鷹も名や由来は知っているが、見たことがない。御庭番は油断を生じるような身の放逸《ほういつ》を禁じられているからだ。

「聞くところによりますと」言葉を挟んだのは、横に座った意次だった。

「夜鷹は夜、こっそりと夜に町に出て客を得、場所を決めずに身を売る、というような女たちだそうです」

む、と家重の声が洩れ、口が動く。

忠光がそれに頷いた。

「なにゆえに夜鷹と呼ぶのか」

「あ、それは」加門が顔を上げた。

「夜に動き出すのが鳥の夜鷹と同じ、とも、客に向けてちょっちょっ、と口を鳴らす音が夜鷹の鳴き声に似ているため、とも言われております」

「ふ……む」

家重の眉が寄った。初めて聞く下々《しもじも》の暮らしぶりであったに違いない。

加門は話の続きをするために口を開いた。

「春乃殿と小里殿の家には、頼って来る女人も多いようです」

小里が語った月光院の話には触れず、加門は口を閉じた。

横目でちらりと意次を見ると、意次は眼《まなこ》で返事をした。加門もそれに頷くと、声を改めた。

「それといま一つ、お伝えしたきことがございます」

なんだ、と家重の顔が返す。

忠光が頷くのを見て、加門は、

「実は御広敷門にて……」

月光院への菓子折を持参した武士が、田安屋敷に戻って行ったことを話す。

聞くにつれて、家重の顔が大きく歪んだ。

その口が動くが、忠光は言葉にしない。が、加門にも「宗武め」とつぶやいたのが、わかった。

家重が手にしていた扇子《せんす》で、畳を叩く。その口元を読んで、忠光が加門に向いた。

「宗武の動き、またなにか知ることがあったら、ただちに報告せよ、と仰せだ」

「はっ」

加門が低頭する。

「加門そなた」忠光が声を変えた。

「医学所のほうは行っておるのか」

「はい、最近は都合のつくときに、師の手伝いなどをさせてもらっています」

「ふむ、毎日ではないのか」

「はい、もう毎日は来ずともよいと、師のお許しをいただいております」

忠光が家重を見て、頷く。

「なれば、宗武様の動向、探ることもできるな」

「はっ」

加門がかしこまる。
上目で窺うと、家重の眉間《みけん》の皺が深まっているのが見てとれた。
その手にした扇子が、また鳴る。
「はい」忠光が頷くと、
「御酒をお持ちしろ」
控えていた小姓見習いに命じた。

第二章　明暗分け

一

木立の陰から、加門は田安屋敷の庭を窺う。

宗武の腕から、鷹《たか》が飛び立ち、地面に用意されていた兎《うさぎ》をつかみ取る。

「よし、戻れ」

荒い声に、鷹が戻って行く。宗武は満足そうに兎を手に取った。

吉宗も鷹狩りを好んでよくしたが、宗武もよくする。三男の宗尹は、さらに鷹狩り好きとして知られている。

だが、将軍家の鷹狩りは、庶民からは皮肉られていた。

〈上のお好きなもの、御鷹野と下の難儀《なんぎ》〉

鷹狩りのたびに人払いをされたり、使役されたりするのは町や村の人々だ。あげく、獲物や鷹を追う馬上の人々は夢中になって、周辺の田畑を踏み荒らすことも珍しくはない。

広まる人々の不満に、吉宗は鷹狩りの回数を決めた。が、三男の宗尹は己の分では足りずに、兄宗武の割り当て分をもらうほどだった。

加門は屋敷に戻っていく宗武を見て、そっと木立を離れた。

昨日も同じように鷹を放ち、半刻《はんとき》（一時間）ほどして屋敷に戻ると、もう動きはなかった。

加門は本丸へと歩く。と、途中で、ふと左に目を向けた。ゆるやかな坂の下には一《ひとつ》橋御門《ばしごもん》があり、その内側に一橋屋敷がある。主は宗尹だ。宗武は屋敷の名から田安様と呼ばれ、宗尹は一橋様と呼ばれている。

加門はその勾配を下った。

一橋屋敷を遠巻きに見ながら、少しずつ近づいて行く。

開け放たれた廊下や窓から、人々が行き交うのが見える。

奥の部屋に近づいて行くと、加門は木陰から首を伸ばした。探していた姿が、そこにあった。

さらに進むと、じっとその姿に目力《めぢから》を送った。察したように、その男がこちらを向く。あ、と口を開けると、小さく頷いた。

木立に身を引いて待っていると、

「加門殿」

その男がやって来た。意次の弟、意誠《おきのぶ》だ。

「出て来て大丈夫なのか」

「はい、宗尹様は先ほど田安屋敷へと出て行かれました」

意誠は宗尹の小姓として勤めている。

「ちょうど紅葉山文庫《もみじやまぶんこ》に本を返しに行くよう、仰せつかっていたのです」

意誠は手にした二冊の書物を持ち上げた。

「そうか、ならば途中までともに行こう」

加門は歩きながら、兄に似てよく整った横顔を見た。

子供の頃は、意次と三人で道場に通ったり遊んだりした意誠だが、いまはすっかり一人前だ。

加門はさりげなさを装い、

「宗尹様はよく田安屋敷に行かれるのか」

と、聞きたかったことを問う。

「ええ、最近はとくに頻繁《ひんぱん》に」意誠は声をくぐもらせた。

「なにやら城中が落ち着かないようですから、そのあたりのこともあるのでしょう。田安屋敷からもよく使いが来ます」

小姓としては、主のことをあまり話すわけにはいかない。ましてや西の丸と一橋屋敷は仲が悪い。意次が西の丸に勤め、意誠が一橋にいれば、互いに気を遣うことも多いはずだ。加門はそれ以上問うのをやめた。と、同時に、

「確かに落ち着かないな」

思わずそうつぶやくと、意誠は小さく頷いた。

「そういえば」加門はその横顔に目を向ける。

「意次は屋敷に戻っているのか」

もともと勤めに熱心な意次は、城に泊まり込むことが多い。

「いえ、あまり……特にあれ以来は……」

意誠の返答に、そうか、と加門は眉を寄せる。

この二月に、意次は正室を亡くしている。婚姻してまもなく病を得て、妻は子のないままに世を去った。

「意次が気落ちしているのではないかと気にかかっているのだが、城ではそのような顔を見せないからな」

「ああ、それでしたら、屋敷でも同じです」意誠は目顔で頷く。

「もう大丈夫ですよ。亡くなる前のほうが、むしろ心痛が大きかったようです。ですが、もともと義姉上《あねうえ》と兄は、言葉を交わすことが少なかったようですから」

「そうなのか」

「ええ、義姉上はなんというか……気位が高い……いや、情が薄い……ああ、悪口になってしまうな」

首を振る意誠に、加門はわかった、と頷く。

二人は吹上矢来門《ふきあげやらいもん》を入って、三日月濠沿《みかづきぼり》いに歩く。この先に紅葉山の霊廟《れいびょう》があり、その裏に書物を集めた御文庫があるのだ。

意誠に苦笑が浮かぶ。

「最近では兄に継室《けいしつ》をと、新しい縁談が次々に来ているのです」

「え、もう」

「はい、四十九日が過ぎたと思ったら、まもなく。これには兄も困惑していますが。まあ、そういう客が煩《わずら》わしくて、よけいに屋敷に帰って来ないのかもしれませんね」

肩をすくめて笑う意誠に、加門も笑いを誘われる。

「なるほど、西の丸の小姓ともなれば、引く手あまたというところか」

「ええ、ましてや、今は……」

二人は横目で頷き合う。

左手に西桔橋御門《にしはねばしごもん》が見えてきた。

「では、ここで」

加門が立ち止まると、意誠は顔を向けた。

「詰め所に戻られるのですか」

「うん、一旦戻って、今日は須田町《すだちょう》の家に帰る。医学所に行く用事もあるし」

「須田町か……いいですね」意誠が目を細めた。

「兄がよく行っているのでしょう、町は面白いと話しています。湯屋《ゆうや》や飯屋のようすとか、いろいろと」

「ああ、意次は知りたがりだから、よく町人と話しをしているな。そのうち、意誠殿も来ればいい」

「そうですね」

意誠が町のほうの空を見上げる。

その顔を見ながら、きっと来ないだろうな、と加門は胸中で苦笑した。意次は考えが柔らかで広く、物事に囚《とら》われないが、意誠は生真面目《きまじめ》だ。

「では、またな」

加門は手を上げて身を翻すと、御門内へと歩き出した。


城を出ると、加門は大伝馬町《おおでんまちょう》の医学所へと向かった。

医学所では医術を学ぼうとする者らに講義もしているが、それは昼で終わりだ。講義を受け持っている医者の海応《かいおう》が、弟子に薬箱を持たせて、出て行く姿が見えた。

ここでは数人の医者が往診に出たり、訪れる患者を診たり、薬を処方したりと、忙しく働いている。講義を受けて知識を身につけたあとは、さらに見習いとして修業に励み、医者の手伝いをする者も多い。

加門もかつては講義に通っていたが、ひととおりの医術を学んだ今は、ときどき来ては手伝いをしている。

玄関から奥へと進むと、加門は薬棚のある部屋を覗き込んだ。思ったとおり、この医学所の主阿部将翁《あべしょうおう》がそこにいた。

「将翁先生」

加門が入って行くと、将翁は生薬《しょうやく》を分ける手を休めて、

「おう、加門、久しぶりじゃな」

笑いで皺を深めた。

「はい、すみません、なにかと重なりまして」

「ふむ、忙しい男じゃな。して、それがわざわざ来たということは、なんじゃ」

将翁は加門が御庭番であることを知っている。

「酒毒《しゅどく》を減らす薬を処方していただきたいのです。最近、召し上がるお酒の量が増えているようなので」

ふむ、と将翁は顔を寄せて小声になる。

「西の丸のお方か」

加門は頷いた。家重の麻痺のことを尋ね、いろいろと教えてくれたのは将翁だった。

〈麻痺は人によって表れ方が違ってな、顔に出ればうまくしゃべれずに言葉が不明瞭になるゆえ、人からは暗愚《あんぐ》と誤解されやすいんじゃ。しかし、才知に障《さわ》りがあるわけではない。聡明なお人も多い。わしはこれまで幾人かの患者を診て、それがようわかった〉

「御酒をよく飲まれるのか」将翁は腕を組む。

「もしかしたら、どこか痛いところがおありかもしれんな」

「痛いところ、ですか」

「うむ、麻痺をお持ちの人は、痛みを抱えることも多いんじゃ。強《こわ》ばって動かなければ、それだけでも痛くなる。我らとて、ずっと同じ格好をしておれば、痛くなるであろう」

「はい、確かに」

「人の目には見えないところでそういう痛みを持っていれば、わかりにくい。昔、診たお人は、腰が痛いといつも言うていたな。そして、酒をよう飲んでおった。酒を飲むと痛みがやわらぐと申してな」

そうか、と加門は唇を嚙む。

西の丸にも奥医師がおり、家重の身体も診ている。が、家重はあまり側には寄せず、出された薬も服《の》むのを拒《こば》むことが多い。城の医者を信用していないためだ。加門に医術を学べ、と命令したのには、そうした背景があった。

「酒毒を減らす薬は簡単じゃが、さらに痛みを軽くする薬か……」

首をひねる将翁に、加門は頭を下げる。

「すみません」

「うむ、麻痺は治すことができんからのう、そこが難しいんじゃ」

薬棚を見つめた顔を、加門に向け変える。

「考えてみるから、明日、夕方にまた来るがよい」

「はい、ありがとうございます」

かしこまる加門に、将翁は笑みを見せた。

「うむ、いつも厄介《やっかい》なやつよ」

「はっ、申し訳ありません」

「馬鹿め、戯《ざ》れ言《ごと》じゃ」

かっかっと将翁は笑った。

二

翌日。

田安屋敷をしばらく窺ってから、加門は本丸に戻って来た。

今度は大奥の御殿を見つめる。田安屋敷からの届け物は、すでに月光院に渡ったことだろう。

月光院の姿は、御広敷や吹上の庭で、いくどか見かけたことがある。小柄だが、凛《りん》と背筋を伸ばした姿が、目に残っていた。

加門の耳に、大きな音が聞こえてきた。梅林坂《ばいりんざか》から上がってきた荷車が、こちらにやって来る。先頭を歩くのは商家の女将《おかみ》だろう、そのうしろの荷台を二人の手代《てだい》らしい男が引き、押している。男といっても、白髪の老年だ。

大きな袋が山と積まれた荷車は、やがて閉ざされた御広敷門の前で止まった。

女将が門番と話し、門が開かれる。手代達は荷台からずっとうしろに下がって顔を伏せている。女将だけが中へと入って行った。

大奥に出入りする商家は、届けの際に女将が来るのが習わしだ。

やがて、門の内から二人の男が姿を現した。一人は大奥で下働きをする御宰《ごさい》（下男）だ。門から入ったすぐの場所に、御宰の詰め所がある。

加門はもう一人の顔を見て、黒鍬者《くろくわもの》だな、と以前に見た顔であることを思い出していた。

大奥は将軍以外男子禁制が定めだ。しかし、これには例外がある。

月に一度、老中が大奥を見廻る御老中廻りがあり、当番の老中は、主に将軍の寝所である御小座敷《おこざしき》を検分する。

また大奥の取締役である留守居《るすい》は、三日に一度、大奥を見廻ることになっていた。

さらに、重い荷を運ぶ際などには、御宰がそれを担っていた。外から届けられる荷が重ければ、御宰がそれを担ぐのだ。

そうした下男には黒鍬者などが付けられることが多い。城の下働きが役目の黒鍬者は、石垣の修理や普請《ふしん》の材運び、整備や掃除などを行う。城中で死人が出た場合は、平川御門《ひらかわごもん》から運び出すのも仕事だ。また、黒鍬者には、探索などを行う隠密役もいた。

そうした城中の秘事に多く関わるため、黒鍬者は見聞きしたことのいっさいを、口外せぬことが掟《おきて》となっている。大奥の者にも通じる掟だ。

御宰によって、荷車は門の内へと運び込まれた。

袋の中身は豆のようだな、雑穀商か……。加門は口中でつぶやく。

しばらく佇んでいると、門から先ほどの女将が現れた。空《から》になった荷車を引っ張り、待っていた手代へと渡す。再び荷車は音を立てて、坂の向こうへと消えて行った。

番人は中にいるらしく、門は開いたままだ。

加門はそっと内側を覗き込む。ときどき門は開いているものの、これまで関心を持ったことはなかった。が、覗いても、中はよく見えない。

まあ、こんなところから内が見えるわけもないな……。加門は門に背を向けた。が、すぐに歩き出した足を止めた。目の端に人が出て来るのが見えたためだ。

出て来たのは、先ほどの黒鍬者だ。手に小さな荷物を持っている。

あ、と加門は息を呑んだ。

紫の布に包まれた箱は、先日、田安屋敷から届けられた物と同じに見える。

男はそれを抱えて、北へと足を向ける。

北の丸か……。加門は踵を返した。

間合いをとって、男のあとを追う。

黒鍬者は、予期したとおり、北の丸へと入って行った。木立の向こうに見える田安屋敷へと向かって行く。

その男の足がふと、止まった。

気配を察したらしく、こちらを振り返る。

加門はあえて立ち止まらずに、歩き続けた。

斜めに進んで男を追い越し、ゆっくりと離れて行く。

男はそれを見て、また歩き出した。屋敷の通用口に進んで行く。

やがて、田安屋敷の内へと入って行った。

加門はそれを見送って、本丸の方向へと向きを変えた。

やはり田安家への届け物か……と、加門は目の端で屋敷を見返した。贈った菓子折を返す。となれば、先日送られた宗武様から月光院様への返事、ということに違いない。菓子のやりとりを装い、書状でやりとりを重ねてゆくつもりか、それとも、会う算段をしているのか……。

坂道を下り、また上がりながら、加門は自問した。

本丸に戻って高台の縁《ふち》に立つと、加門は大奥と北の丸を交互に見た。

おそらくは……。加門は唇をぐっと結んだ。

大伝馬町、医学所。

「将翁先生」

薬部屋に行くと、将翁は薬研《やげん》を動かす手を止めた。

「おう、加門か、薬はできておるぞ」

小さな包みをまとめて入れた籠《かご》を、将翁は加門に差し出す。

「ありがとうございます」

「いや、じゃがな、これで果たして痛みがどれほど軽くできるか、正直なところ、わからん」

はい、と加門はかしこまる。

「麻痺が治せないものであるならば、せめて苦痛は軽くして差し上げたいと思っているので、少しでもよくなればありがたいことです」

「ふうむ、忠義なことよ」将翁は眼《まなこ》をくるりと動かして加門を見る。

「じゃがな、気をつけるのだぞ、上のお人は無茶を平気で言うからのお。わしの友であった医者など、綱吉公の頃に男児が生まれる薬を作れ、とお城から命じられたそうだ。そのような物、できるわけがなかろう」

「綱吉公……たったお一人のお世継ぎが、幼くして亡くなられたあとですね」

跡継ぎに恵まれなかった綱吉に、やっと男児が生まれたものの、その子徳松《とくまつ》は、わずか五歳でこの世を去った。

「ああ、わしはその頃は長崎にいたから、あとから聞いたのじゃがな。そのあとは男児が生まれず、仏にすがったそうだのう。坊さんの勧めで生類憐《しょうるいあわ》れみの令《れい》を出したというではないか。それでも生まれなんだのだから、坊主というのもいい加減なもんじゃわい」

「なるほど、それで医者にも無理を言ったわけですね」

綱吉公の頃には、加門はまだ生まれていない。漠然《ばくぜん》と聞いた話を、頭の奥で思い出していた。

「うむ」将翁が口を曲げる。

「そのあと、家宣公の頃にはわしも江戸に来ていたのだがな、やはり無茶な話を聞いたぞ」

え、と加門は膝を前に進める。

「どのような話だったのですか」

「家宣公は病になられたであろう、といっても、そなたはまだ生まれておらんか。まだ五十であられたのに、重い病になられたんじゃ。お子はまだ小さいのでな、なんとか命を延ばしたいと、お城のお人らは思うたのじゃろう、評判のいい医者を集めたらしい。とにかく寿命を延ばせ、と言うてな」

「それは、いかにも……しかし、難しいでしょうね」

「ふむ、病も進めば、どんな名医でも打つ手はなくなる。だが、そのあたりから話が広まったんじゃろう。公方様を治すことができたら、千両もらえる、とな」

「千両ですか」

目を丸くする加門に、将翁は、ははははと笑う。

「なに、ただの噂じゃ。医者のあいだで広まったのよ。噂とわかっておったし、仮に本当でも、不首尾《ふしゅび》であれば首が飛ぶからのう、誰も名乗り出はせんかった」

はあ、と加門は改めて将翁の顔を見る。髪は白く、皺も深い。

「先生は綱吉公の時代から、ご存じなのですね」

「うむ、そうさな、綱吉公、家宣公、家継公……つぎつぎに公方様が変わって忙しい世であったな。吉宗公が壮健なのはなによりじゃ」

加門はさらに膝を進めた。漠然と歳を感じていたものの、確かめたことはない。

「あの、先生はおいくつになられたのですか」

「わしか、八十になったぞ」

え、と加門は息を呑んだ。

「七十五、六かと思っていました」

驚きを顕わにした声に、将翁は顎を上げて、かかかと笑う。

「そうじゃろうて……皆、そのくらいに思うておるのでな、わしもあえて言わんようにしておるんじゃ」

はあ、としみじみと加門は将翁のピンと伸びた背筋を見つめた。

「いや、お若い」

「当たり前じゃ。わしが人より老けておったら、面目が立たん」

薄い胸を大きく張って、将翁は頷く。

「お見それしました」

頭を下げる加門は、おや、とその耳をそばだてた。

「先生」

声と足音が廊下をやって来る。

「将翁先生」声の主が部屋に入って来た。

「や、加門、来ていたのか」

浦野正吾《うらのしょうご》だ。笑顔になって、加門の隣に座る。

かつて同じように隣同士で、講義を聴いた仲だ。

「どうした、正吾」

将翁の問いに、正吾が身を乗り出す。

「先生、瘡毒《そうどく》（梅毒）に効く薬はないのでしょうか」

「なんじゃと」将翁が腰を浮かせる。

「そなた、医者だというに、そのような悪い病を得るとは……」

「ああ、わたしじゃありません」

正吾が身を反らして手を振る。将翁は動きを止め、ほっとしたように腰を戻した。

「なんじゃ、脅かすでない。誰の話か」

「はあ、実は芝《しば》にいる夜鷹の女なのです。前に通ったときに顔に赤い斑点が出ていたのですが、昨日、通ったら掌《てのひら》にも出ていて、斑点の皮が剝《む》けていたのです」

「皮が……それは瘡毒じゃな」

「やはり、そうですよね。それがいかにも痛そうなので、手の皮だけでも治る薬はないものか、と思いまして」

「薬など使わずとも、顔や手足に出る瘡毒の紅班は、しばらくすれば消える。病が奥に入り、そのあと、次第に重くなっていくんじゃ。しかし、さんざん教えたであろう、瘡毒を治せる薬はない。なってしまったら、もう元には戻れん」

「そうですか」

溜息を吐《つ》く正吾の顔を、加門は覗き込んだ。

「どうした、その女に頼られたのか」

「いや、そうではないのだが、どうにも不憫《ふびん》に思えてな」

「助けてやりたいのか」

「ううむ、まあ、ちょっとな……」

若い二人のやりとりに、将翁が咳払いをする。

「前にも言うたであろう、自惚《うぬぼ》れるでない、と。医者にできることなど、たかが知れておる。どうにかできる病などそれほどはない。いや、多くの病が治せぬから、皆、命を終えていくんじゃ」

加門と正吾は顔を見合わせる。将翁は、交互に見やった。

「病も天の災《わざわ》いも、来るときには来るんじゃ。人の力などでどうこうなどできん。あがくでない」

はあ、と正吾は肩をすくめる。

その隣で、加門はふと顔上げた。

「ですが、あがくところから医術が生まれたのではないでしょうか」

む、と将翁が口を曲げた。が、すぐに笑顔へと変わる。

「ふむ、そなたも一人前に近づいて来たな」

将翁は立ち上がると、薬棚から紙包みを取り出した。

それを、正吾の前に差し出す。

「地黄丸《じおうがん》じゃ、持って行ってやるがよい」

「いいのですか」

「ああ、瘡毒には効かんがな……じゃが、地黄丸には強壮の力がある」

将翁は胡座をかくと二人と向き合った。

「病でも天の災いでも、逃げることはできん。だが、己が強ければ、それに簡単に負けることはない。人は元気を保つことが大事なんじゃ」

「はい」

正吾が立ち上がる。

「さっそく、持って行ってやります」

加門もそれに続いた。

「待て、わたしも行く」

二人は将翁に礼をすると、医学所をあとにした。

芝の小さな橋を渡ると、正吾はあたりを見まわした。

あ、と柳の木へと近寄って行く。

木陰から、ひらひらと招く手が見える。

加門も続くと、木陰から細い女が姿を現した。が、正吾の顔を見ると、顔を大きく歪め、「なんだ」と身を引いた。

「旦那、また来たのかい」

「ああ、掌はどうだ」

　女は手を握ると、それを背にまわす。

「変わらないよ、それより客にもならないのに立ってられると、困るんだけどね……あんたになんか手を振るんじゃなかったよ」

　女は肉の薄い頬を歪めて、正吾を見上げる。

　加門は双方を見比べた。正吾のやつ、かわいい女に岡惚れでもしたのかと思っていたが、違ったか……。加門は顔色のすぐれない女を見つめ直す。夜鷹と対するのは初めてだ。

　正吾が、懐《ふところ》から紙包みを差し出す。

「これを服《の》むといい。ちょっとは元気が出るはずだ。元気でいれば、病の進みが遅くなるからな」

　ふん、と女は顔をそむける。

「こんな物に払う銭はないよ」

「ああ、銭はいらない」

「へえ、施《ほどこ》しかい」女の顔が向き直る。

「なら、遠慮なくもらおうじゃないか」

女はたちまちに手を伸ばして包みをつかみ取ると、それを懐にしまった。

少しだけ弛んだその顔に、加門は、

「いつからここに」

と、問いかけた。

ああん、と女は眉を寄せる。

「なんだい、こっちの旦那はあたしを買ってくれるのかい」

「ああ、いや、そうではなく……なぜ、立つようになったのか、気になったので」

加門の耳奥で、大奥下がりで夜鷹になったという女の話が甦《よみがえ》っていた。

「そりゃ、うちの旦那が死んじまったからさ。浪人で腕は強かったのに、斬られちまってね」

加門はぐっと口を噤《つぐ》む。

「それは」正吾のほうが口を開いた。

「災難だったな」

「ああ、そうさ、災難も災難。さ、もう行っとくれ」

女が手を払うように振る。

加門は懐の巾着《きんちゃく》を開くと、一朱金《いっしゅきん》をつまみ出した。

「なんだい」

目の前に金を差し出された女は、加門を見上げる。

「香典《こうでん》だ」

女の手が上がり、宙で止まる。が、すぐに動くと金の粒を奪い取った。

「もらっとくよ」

加門は頷いて、女の目を見た。

「その地黄丸は売ったりせずに、ちゃんと服んでください」

そう言って踵を返す。

正吾は双方を交互に見ながらも加門に続き、すぐに横に並んだ。

「どうしたんだ、一朱金なぞやって」

「いや」首を振りつつ、加門は己の右手を見た。

「前に……浪人を斬ったことがあるんだ」

「斬った、とは……喧嘩か」

「そのようなものだ」

加門が御庭番であることを知らない正吾に、本当のことは言えない。

「だが、まさかあの夜鷹の旦那ではあるまい」

「ああ、多分、違うだろう」

違っていても同じことだ、と加門は腹の底でつぶやく。

ふう、と正吾が息を吐く。

「加門のことだ、仕掛けられてしかたなく斬ったのだろう」

「ああ、まあ……な」

加門は伏せていた目を少し、上げた。しかたなく、ということだけは本当だ。

数歩歩いて、正吾の手が加門の背を叩いた。

「向こうから来たのならしかたがない、天の災いと同じだ。気にするな」

正吾は笑みを向けてくる。

「せっかくだ、飯でも食いに行こう」

そう言いながら、正吾が「あっ」と声を洩らす。

「なんだ」

「ああ……あそこにも夜鷹がいる」

道の端に手拭いを被《かぶ》った女が立っている。

「気になるのか」

「うむ、うちは姉も妹もいるからな、女が目に入ってくるんだ、それが不憫そうだと、目がそこで止まってしまってな」

そうか、と加門は正吾の横顔を見つめる。こういう質《たち》だからこそ、医者を目指したのだろう……。

さらにまた一人、女が路地から現れた。

「今時分から出て来るのか」

「そりゃそうさ」正吾が辺りを見渡す。

「女だって客だって、知った顔に見られたくはないだろう。姿がぼやける夕暮れを待って、出て来るという寸法だ。だから夜鷹なんだろう」

「なるほど」

加門も夕暮れの空を見上げる。

ゆっくりと顔を巡らせ、城のほうへと向ける。城の威容が、影のように浮かび上がって見える。

しばらくそのまま歩くと、加門はふと立ち止まった。

「あ、そうか」

ん、と正吾が振り返る。

「なんだ」

「いや、なんでもない」

加門は正吾へと駆け寄った。

三

江戸城中奥。

御庭番の詰め所で、加門は帰り支度をはじめた仲間を見つめていた。そこに、二人の御庭番が入って来た。宿直《とのい》の当番だ。

お城は夜だからといって空にするわけにはいかない。さまざまな番方《ばんかた》や役方《やくかた》から、交代で宿直役を出すのが、代々の習わしだ。

「では、失礼する」

支度を終えた者が、詰め所を出て行く。

「うむ、ご苦労でした」

宿直当番の一人、高橋《たかはし》は、皆を見送ったあと、座ったままの加門に目を留めた。

「おや、そなたは下城せぬのか」

「はい」加門は頷く。

「今日は、こちらに泊まります」

ふむ、と高橋も頷き返す。

「そうか、あいわかった」

御庭番はどのような命《めい》を受けたか、仲間同士でも話はしないし、問うこともしないのが決まりだ。

加門は開いた窓から外を見た。陽は西に傾き、空から青味が消えかかっている。

加門は外へと出た。

そのまま北の丸へと歩き出す。木立の下を行きながら、加門は己の姿を見下ろした。着物は濃い鼠《ねず》で袴も濃紺《のうこん》だ。夕暮れの薄闇が降りれば、目立たなくなる。

北の丸の林に入ると、加門は遠目から、田安屋敷を見つめた。内密に人と会うのであれば、夕暮れを待つに違いない……。それが夜鷹から思い至ったことだった。

そのままそこに佇み、空が黄昏《たそがれ》の色を帯びはじめたのを上目で見た。と、その目を屋敷に向ける。

田安屋敷から、人影が現れたのだ。

二つの影が、こちらの方向にやって来る。

宗武と宗尹だ。

加門は身を翻すと、本丸へと小走りになった。

読みに間違いがなければ……。そう唇を嚙みしめながら、内濠の中へと戻る。

走り込んだのは二の丸だ。

二の丸は美鈴と落ちた白鳥濠の前にある一画で、御殿がある。かつては宗武と宗尹が、暮らしていた場所だ。田安屋敷を賜《たまわ》った宗武がそこから出て、五年前には一橋屋敷を賜った宗尹も二の丸御殿から離れた。

しかし、御殿の前には池を回遊できる庭園がある。木々や花が植えられた庭園には、大奥からもしばしば人々が散策に訪れる。

加門は御殿の表にまわった。

夕暮れの近づく庭に人気《ひとけ》はなく、東に向いた御殿の縁側では、御簾《みす》が巻き上げられている。が、衝立《ついたて》があるため、部屋の中は見えない。おそらく、宗武が家臣に命じて整えさせたのだろう。

加門は身をかがめると、素早く縁側の下に潜り込んだ。

外からいくども見て来た加門は、御殿の造りを頭の中で容易に思い描ける。

ここで内密の話をするのであれば、声の洩れやすい角部屋は選ばないだろう。庭に面した中ほどの部屋……。そう考えながら、膝で移動する。

ここいらだ……。加門は動きを止めて、身を小さくした。

息をひそめ、耳を澄ませる。

しばらくすると、玄関の戸の開く音が伝わってきた。

廊下を二人の足音がやって来る。

やはり、来た……。加門は息を潜めた。

足音が頭上に近づいて来る。

その運びが止み、腰《や》を下ろすのがわかった。なにかを畳に置いた音もする。

「兄上」宗尹の声だ。

「月光院様は本当に、ここにおいでくださるのですか」

「ああ、ちゃんと返事をくださったから、大丈夫だ。夕涼みと称して来れば怪しまれないであろう。お付きの女中どもを庭に遊ばせているあいだに、ここで話ができる」

「なるほど」

「月光院様は我らをかわいがってくださったからな、無下《むげ》にはなさるまい。そなたはよく菓子をもらったと聞いたぞ、覚えているか」

「はい、珍しい菓子をよく頂戴《ちょうだい》しました。お礼に花を摘んで差し上げたら、とても喜ばれたのも覚えていますよ」

「ふむ、そうか、わたしもよく頭を撫でてもらったものよ」

加門は、なるほど、と胸の内で年を遡《さかのぼ》る。

宗武が生まれたのは、吉宗が将軍となった前の年だ。その五年後には宗尹が生まれている。将軍家の男子は八歳まで大奥で育てられるため、月光院が身近にいたはずだ。家重が城に入ったのは六歳の年であったから、弟二人のほうが、大奥と馴染《なじ》みが深いのは当然といえる。

加門はじっと耳をそばだてる。

再び玄関の戸が鳴った。

衣擦《きぬず》れの音と足音がやって来る。

やがて、それが部屋の中へと入って来た。

「これは、月光院様」

兄弟の声が揃った。

「お越しいただき、ありがとうございます」

「なんの」高い声とともに、腰を下ろす衣擦れの音が伝わった。

「二人と会うのは、久しぶりよのう。息災でなによりじゃ」

「はい、月光院様にもお変わりなく……」

「して、話したきこととは……」

ごほっ、と宗武の咳払いが鳴った。

「わたしはずいぶん前に聞いたのですが……父上を将軍に推《お》したのは天英院様ということになっておりますが、実は月光院様であったと……」

「おや、そんな話をお聞きか……まあ、天英院様亡き今となれば、差しつかえもなかろう。そのとおりじゃ。御台様を差し置いて、妾《わらわ》の名が出てはなにかと障りがあろうと思うてな、御側衆《おそばしゅう》がそのように表に伝えたのよ」

加門は唾を呑みそうになるのを抑えた。そうだったのか……。

月光院の言葉が続く。

「天英院様はもともと尾張を推しておられたからの。御実家の近衛家《このえけ》と尾張は、縁戚《えんせき》になることが決まっておったのでな」

「綱吉公が御養子を取るときにも、尾張の名が上がったそうですね」

「ああ、そう聞いておる」

綱吉の嫡男が逝去したあと、次期将軍となるべき男児を養子としてとることに決まったものの、誰にするかで意見が割れた。このようなときのために作られた御三家のうち、最も家格の高いのが尾張であり、紀伊家《きいけ》はその下になる。さらに水戸家《みとけ》があり、徳川家直領《じきりよう》の甲府《こうふ》の家も候補に上がった。

意見が交わされたが、このときに選ばれたのは甲府徳川家だった。藩主の綱豊《つなとよ》は家《いえ》光《みつ》の孫に当たる、という血統のよさも決め手になった。世子となって西の丸に入り、将軍を継いで家宣になったのだ。

「だがのう」月光院の声だ。

「どのみち尾張の目はなくなったのじゃ。藩主の綱教《つなのり》公は、世子から外れた翌年に亡くなられたのでな。そのあとも、次々に藩主が死んだゆえ、尾張の線は消えたということよ」

甲府から来た家宣が将軍を継いだものの、四年で病を得て、そのあとは月光院が産んだ幼い家継が継ぐことになった。が、家継もやはり病を得て、三年足らずで終わりを迎えることとなる。

「そこで、月光院様が父上を推されたのですか」

宗尹の声だ。

「そうじゃ。尾張が無理となれば、紀伊であろう。水戸家の綱条《つなえだ》公を推す声もあったのじゃが、あのお方はもうお歳でもあったのでな、お若い吉宗公がよいと、妾は思うたのじゃ。とは言うても、そう思うたは妾ばかりではない、御側衆も皆、同意した上でのこと」

「はあ、水戸家はなにかと……」

言いかけた宗尹の言葉を「これ」と宗武が制した。

こほんと月光院が咳を払う。

「宗武殿が贈ってくれたお菓子は、おいしゅういただきましたぞえ。して、話したきことの本筋はなんじゃ」

「はい」宗武の声が改まる。

「父上が御隠居なさる御意向と聞かされました。次の将軍に、わたしを推していただきたいのです」

加門は唾を呑みそうになるのを抑え込んだ。

頭上の音から、宗武が手をつき、頭を下げたのが察せられる。隣の宗尹も、それに続いて動いた。

「ふむ、やはりそのことか」月光院の声が、溜息か苦笑かを含んで揺れる。

「お手を上げなされ。そなたの気持ちは前からわかっておったゆえ、話の見当はついていたわ。確かにのう、あの家重殿が将軍では、あまりに心許《こころもと》ない。今でもあのままなのであろう」

「いえ、今は昔よりもさらに悪くなっております」宗武の声が荒らぐ。

「発語はさらに不明瞭、なにを言うているのか、あれならば鳥の鳴き声のほうがよほどまし。おまけに昼から酒を飲み、将棋を指していると、西の丸の者から伝え聞いております」

西の丸には、宗武に通じている者がいる。

「あのような質では……」宗尹も続けた。

「将軍など、とても務まりませぬ。兄上こそがあとを継ぐに相応しいことは自明、城中の者もそう思っているに相違ないのです」

ふうむ、と月光院の唸りが洩れてくる。

「妾も家重殿とまともに言葉を交わせた覚えがない。あれでは家臣に御下命を伝えるのも難しかろう。そなたらの言い分、よくわかる」

「はっ、なれば月光院様、父上にお話しいただきたいのです。今ならばまだ間に合うはず」

宗武の声に宗尹も重ねる。

「家重に将軍を譲ると公《おおやけ》にしてしまえば、取り返しがつかなくなります。その前に、是非、父上を説得してください」

「そうさな、あいわかった、言うてみよう。じゃが宗武殿、妾だけを頼りにされても困るぞ。乗邑殿はどうしておられるのじゃ。そもそも家重殿の廃嫡は、あのお方が言い出したことであろう」

「はい、もちろん、改めて相談する所存です」

そうか、というつぶやきとともに、月光院が立ち上がる気配がした。

「それと、ただ待つだけでもいかぬぞ。西の丸に落ち度がないか、よく見ていることじゃ。落ち度があれば、そこから突き崩すこともできるゆえな」

「はい」

兄弟二人の声が揃う。

月光院の衣擦れが鳴り、足音が廊下に出て行った。

「ようございましたな、兄上」

「ああ、心強いことだ。父上は将軍に推してくださった月光院様に恩義を感じられているはず。お言葉には耳を貸されるであろう」

二人の足が畳を踏み、歩き出すのがわかった。

玄関へ向けて、遠ざかって行くのを確かめてから、加門はそっと動き出す。

縁の下から出て、身体を伸ばしかける。すでに辺りは薄暗い。そのなかで、はっと身をかがめた。

宗尹が戻って来たのだ。

慌てて縁の下に戻る加門の上で、宗尹の足が止まった。

「お……なんだ」

身をかがめ、覗き込むのが察せられた。

加門はそっと奥へと退く。

「どうした、なにを覗き込んでおる。菓子はあったのか」

宗武も戻って来た。

「ああ、兄上、縁の下になにかいたのです」

「なんだと」

まずい、と加門は息を詰める。警護の者を呼ばれでもしたら、見つかってしまう。

「誰か……」

宗武の声が上がったそのとき、加門は口を開いた。

「ケン」

と、声を出す。

ごそごそと音を立て、再び「ケンケン」と声を上げた。

「なんだ、狐《きつね》ではないか」

宗武の声に、弟は笑い声を上げた。

「やや、そうでしたか」畳を踏んで部屋へと入って行く。

「ああ、菓子があった、せっかく直《じか》にお渡ししようと思っていたのに」

「なに、届けさせればよい。それよりも屋敷に戻って、一献《いっこん》やろう」

「はい、なにはともあれ、味方を得た祝いですね」

「祝いにはまだ早いわ」

兄弟は笑い合いながら、戻って行く。

息を殺したまま、加門はじっとそれを耳で追った。

四

なんだと……そう家重の口が動いた。

「宗武様は、この期《ご》に及んでまだあきらめておられぬのか」

大岡忠光が、家重と己の考えを重ねたように言葉にする。

二の丸で聞いたことを語り終えた加門は、膝の上で拳を握っていた。

家重の頬が歪むのを見ると、心苦しさを感じるが、伝えないわけにはいかない。

「しかし、月光院様に取り入るとは」傍らの意次が口を曲げる。

「確かに月光院様は大奥の主、お力をお持ちではあるが」

ふむ、と忠光が鼻に皺《しわ》を寄せた。

「これが最後の機会と、焦っておいでなのだろう。だが、いまさら上様がお気持ちを変えるとも思えぬ。それほど心配する必要はなかろう」

「ですが、恐れながら……」加門は顔を上げた。

「老中首座松平乗邑様にも働きかけよ、と月光院様は強く仰せでした……首座様は今年、上様から一万石の御加増を受けていますから、勢いがあるかと」

む、う、と家重の声が洩れる。

その口の動きを見て、「はい」と忠光が頷く。

「宮地加門、この先も宗武の動向を注視せよ、と仰せである」

「はっ、承知いたしました」

低頭した加門は、一度姿勢を正すと、傍らに置いていた包みを手に取った。

「それと、これは医学所の師に処方してもらった薬なのですが、滋養《じよう》となりますし、気血《きけつ》の巡りもよくなるものなので……」

　酒毒と痛みに効く、とは差し出がましくて口にできない。

　前に置いた包みを意次が取り上げて、家重に持って行った。

「礼を言う、と仰せだ」

　家重の口を読んで、忠光が言う。

「はっ……では、これにて」

　加門が下がると、意次もすぐに廊下に出て来た。

「よく探ったな」

　戸口に向かって歩きながらささやく意次に、加門ははたと足を止めて向き合った。

「先ほども言ったが、向こうは西の丸の失態を待っている。勤めの者らにくれぐれも注意するように、そなたからも言っておいたほうがよいぞ」

「うむ、そうか、そうだな」

　意次はぐるりと西の丸の四方に顔を巡らせる。仕える人数を思い浮かべたのか、ふっと息を吐く。

「厄介事が起きなければいいが」

　ああ、とまた歩き出した加門に、

「中奥に戻るのか」

意次が問うと、加門は小声で返した。

「いや、町へ出る」

「町……」

「うむ、すこし調べたいことがあるのだ。わかったら、教える」

二の丸でのやりとりを、加門は一言一句洩らさずに伝えたわけでない。省《はぶ》いた言葉の中に、引っかかっているものがあった。

意次も小声になると、加門に顔を寄せた。

「ならば二日後、宿直明けになるから、須田町の家に行く。どうだ」

「ああ、こっちは大丈夫だ。昼前か」

「そうだな、巳《み》の刻（十時）あたりに」

「わかった」

加門の頷きに、意次も目で返す。

西の丸を出ると、加門は城の外へと向かった。

三味線の音に引き寄せられるように、加門は深川の横道に入る。以前、訪れた家だ。

「ごめんくだされ、小里殿はおられましょうか。宮地加門です」

加門の呼びかけに、すぐに小里が戸を開け、

「あらまあ、これは……さ、どうぞ」

と、中へと招いた。

「これを皆さんで」

加門が饅頭《まんじゅう》の包みを差し出すと、小里は眼を細めて、入れ違いに茶を置いた。

「遠慮のういただきます。して、今日はいかがなされました」

「はい、実はまたお聞きしたいことができました。小里殿はずっと大奥におられたとのこと、天英院様も月光院様もご存じなのですよね」

「ええ……されど、家宣様ははじめはお世継ぎとして西の丸に入られましたから、しばらくはそちらにおられたんですよ。わたしどものいた本丸に移られたのは、将軍をお継ぎになられてから。天英院様も月光院様も、それで来られたわけで」

「はい、それ以降、小里殿は本丸大奥でお仕えしたのですよね」

「お仕えしたと申しましても……わたくしのような軽い者は、お見かけすることはあっても、お言葉を頂戴するようなことはありませんでしたから、存じ上げているなどといえるものではありませんのよ」

「いえ、それで充分」

言葉を交わすほど身近にいた者であれば、かえって口を閉ざすに違いない。加門は微笑みを浮かべて頷く。

「確か、天英院様にもお子がいらしたのですよね。幼くして亡くなられたとか」

「ああ、はいはい、そう聞いておりますよ。それはまだ家宣様が将軍になられるずっと以前の話。月光院様とて、まだお城に入られる前にご寵愛《ちようあい》を受けられていたはず。ええと……そうそう、家宣様が将軍におなりあそばした年に、家継様をお産みになったのですもの」

「家宣公が将軍になられたのが宝永《ほうえい》六年（一七〇九）五月、家継様がお生まれになったのが、その年の七月でしたね」

「あら、おくわしい、さすが幕臣ですこと」

身体を揺らす小里の背筋がだんだんと伸びてくる。昔を思い出して、気持ちも若返ってきたらしい。

加門はその明るくなった小里に頷く。

「で、天英院様、いえ、当時は御台様でしたね、それと月光院様は……」

「はい、あの頃は月光院様はお喜世《きよ》の方様とも左京《さきよう》の局《つぼね》様とも呼ばれておりましたよ」

「そうでしたか、お二人は仲がよろしかったのですか」

加門の問いに、小里は眉間を狭めて小声になった。

「ここだけの話でございますよ。西の丸の大奥に入ったとき、お喜世の方様は御台様に言われたそうです、三十を過ぎたらお褥御免《しとねごめん》が大奥の習わし、と。御台様はすでに三十を過ぎておりましたから、それを否《いな》むことができず……ご夫婦仲はおよろしかったのに、お気の毒なことです」

「月光院様が言われたのですか」

「ええ、そう聞いておりますよ。お喜世の方様のお気の強さは皆、知っておりましたから、不思議とは思いませんでした。ですが、そのままであれば、大奥の威勢を奪われてしまう、と御台様もお考えになったのでしょう。なにしろ、御台様のお子はすでに亡く、次に生まれるお子がお世継ぎになるのです。御台様は御実家につながる公家のお血筋から娘御《むすめご》を選ばれて、御側室になさったのです」

「お須免《すめ》の方ですね」

「あら、それもご存じとは……ええ、わたくしもお顔をお見かけしましたけれど、お美しいお方でした。そのお須免の方様がご懐妊されて、男《おのこ》をお産みになったのです」

「はい、宝永五年でしたね。家継様よりも一年早く」

「ええ、そうなんですよ、お世継ぎの誕生ということで、本丸にも騒ぎが伝わって参りました。お祝いの菓子まで振る舞われて」

小里は当時を思い出したかのように、満面の笑みを湛《たた》える。

「大五郎《だいごろう》様でしたね」加門も笑みで頷く。

「天英院様もお喜びになったでしょうね」

「ええ、それはそうですとも、なにしろ、お喜世の方様は御台様を御寝所から遠ざけたお方……御台様としては、いろいろと思われることがおありだったでしょう。本丸大奥の者も皆、その心中を察しておりましたよ」

「なるほど、お須免の方が嫡男をお産みになったというのは、勝利を上げたようなものですね」

「はい、お喜世の方様はさぞ口惜しい思いをされたことでしょう」

「ですが、翌年には、御自身も男児をお産みになった。鍋松《なべまつ》様ですね」

「ええ、そのときにはもう本丸に移られてましたから、わたしもようく知っています。御嫡男ほどではありませんけれど、やはり男ということで、お祝いのお菓子を頂戴しましたから」

しかし、と加門はその顔から笑みを消した。

「その翌年に、嫡男の大五郎様は亡くなられたのですよね」

「はい」小里の笑みも消える。

「まだ三つになられたばかりでしたのに。御台様やお須免の方様のお嘆きようは、こちらも身につまされました」

「それで鍋松様が嫡男ということになった、と」

「ええ、そうですわ、なれどその翌年には、またお須免の方様が男児をお産みになったのです、ご存じでしょうけど」

「虎吉《とらきち》様ですね。だが、三月後に亡くなられた。結局、鍋松様お一人が残られたんでしたね」

はい、と小里が頷く。

「それゆえに、お喜世の方様の御権勢が大きくなり、あの江島《えじま》様の一件に結びついたのでしょう」

「江島様もご存じですか」

「ええ、江島様にはお言葉を頂戴したこともありましたから。ご聡明なのにおやさしくて朗《ほが》らかなお方でしたよ。それがあのようなことに……」

月光院の信頼が篤《あつ》かった大奥お中臈の江島は、代参《だいさん》の帰りに芝居小屋に寄り、門限に遅れたことで騒ぎになった。

「奥女中が外出すれば、門限に遅れることなどよくあることでしたのに。いつも大目に見られて、騒ぎになったことなどなかったのですよ」

「そうなのですか」

「ええ、わたしとて覚えはありますけど、平川御門の門番は、咎《とが》めることもなく黙って通してくれるのが常だったのですよ。それがあの日に限って、門が開けられず、表に伝えられて役人が出る騒ぎになって。大奥の中も天地をひっくり返したようになったので、よく覚えています」

門限破りのみならず、芝居小屋にての遊興、酒食は不届《ふとど》き千万《せんばん》、と罰せられた。江島は死罪を下されたものの月光院の強い嘆願で減刑、信州《しんしゅう》高遠藩《たかとおはん》に遠流《おんる》、蟄居《ちっきょ》の身となった。

芝居小屋の山村座《やまむらざ》は取り潰し。宴席に呼ばれた人気役者の生島新五郎《いくしましんごろう》は、三宅島《みやけじま》への遠島に処された。付き従った者、接待をした者、ともに遊んだ者など、連座した者は約千五百人ほどに及ぶ。

特に重く罰せられたのが、武士であるにもかかわらず斬首《ざんしゅ》となった江島の義兄白井《しらい》平右衛門《へいえもん》だった。母が江島を連れて再婚した相手の息子で、江島とは連れ子同士の兄妹だ。妹が月光院にかわいがられて地位を上げたため、大奥に伝手《つて》を求める者らは、白井平右衛門の周りに集まっていた。

そのうちの一人奥山喜内《おくやまきない》は、その伝手ですでに娘を大奥に上げていた。江島とも親しくなったため、山村座への招待を接待として考えたらしい。芝居小屋に案内をした罪で、奥山喜内は死罪。その従兄《いとこ》で奥医師を務めていた奥山交竹院《こうちくいん》は遠島となった。

奥山喜内は水戸藩士であったため水戸家預けとなり、そちらに処罰を任された。従兄の交竹院も元は水戸藩士で、そこから奥医師にまで上りつめた者だった。

加門はそれらの事を思い出して、口を開いた。

「罰せられた奥山喜内と交竹院、それに白井平右衛門は、御用商人に賄賂《わいろ》をもらっていたという話がありますが。たしか、賄賂を渡していた栂屋喜六《つがやきろく》という商人も連座になったのですよね」

加門の問いに、小里は小首を傾げる。

「さあ、わたくしはそこまでは……なれど、あったとしても不思議ではありません、大奥の者は、取り入ろうとする商人に贈り物をされるのが常でしたから」

「月光院様は、いかがでしたか、そのとき」

まあ、それは、と小里が顔を歪める。

「お怒りになったり、お嘆きになったり、ずいぶんとお心が乱れたようですよ。とくに奥医師の奥山交竹院は、ずいぶんと信頼をしていたとのことですから……水戸に裏切られたと大層なお腹立ちだったごようすで……」

なるほど……。加門は、二の丸で宗尹が発した「水戸家はなにかと」という言葉を反芻《はんすう》する。月光院はそれがゆえに、水戸家にはよからぬ思いを抱いているのかもしれない。

「天英院様のごようすはどうだったのですか」

「ああ、それは……それもここだけの話ですけどね、御台様はせいせいとしたごようすだった、と聞きました」

「なるほど、やはり権勢を競い合っていたのですね」

「まあ、それもそうでしょうし……」小里はささやくような声になる。

「お怨みを晴らされたのではないか、と奥女中のあいだではささやかれてもおりましたのよ」

「怨みとは、お褥御免のことですか」

加門の問いに、小里は肩をすくめる。

「そのほかにも……鍋松様お一人が残ったことなども、含めてでございましょう」

「それは、どういう」

言わんとすることを推察すると、思わず喉が震えた。

加門の寄った眉を見て、小里ははっと口を押さえた。慌てて首を振る。

「あら、いえいえ、それはあくまで噂、お気になさらずに」

「噂とは……」

言葉を続けようとする加門を振り切るように、小里は腰を上げた。

「まあ大変、忘れていました。わたくし、用事で出なくてはなりませんの」

ぴしゃりと閉ざしたようなその口調に、加門は領かざるをえない。

「そうでしたか……長々とご無礼しました」

小里もそれに礼を返して、隣の部屋へと消えて行った。

第三章　毒殺疑惑

一

男達が声高に行き交う神田《かんだ》の朝。

加門は須田町の家を出た。意次が来ることになっている日だ。

足早に城への道を歩く。と、ちょうど外濠を渡って来た意次を認めた。薄い紗《しゃ》の羽織がはためき、家紋の七曜紋《しちようもん》が揺れている。

小走りに寄って行くと、

「おう、どうした」

と、意次も気づく。

「うむ、暇だからな、迎えに来たのだ」

加門はそう笑いながら、周囲に目を配った。

〈西の丸に落ち度がないか、よく見ていることじゃ〉

そう言った月光院の声が、ずっと耳に残っていた。

宗武と宗尹は、西の丸の失態を望んでいることだろう。だが、焦りを抱いている宗武が、みすみす待つだけとは思えない。そう思い至ると、じっとしていられなかった。落ち度を言い立てるのであれば、身分の軽い者よりも、家重の身近に仕える者のほうが都合がいいはずだ。たとえば小姓のような……。

加門は意次の背後に目を留めた。

一人の武士が近づいて来る。小脇になにかを抱えている。加門は身構えた。

「田沼殿」

武士は意次の前にまわり込むと、

「それがし、作事方《さくじがた》の……」

名乗りながら、包みを前に差し出した。四角い箱は、菓子折らしい。

加門はほっと肩の力を抜き、意次よりあきらかに年上の男を見た。男は真剣だ。

「ああ、いや、そのようなことは結構です」

そう言って手を上げる意次に、ぐいと包みを押しつける。

しかたなく受け取る意次に深々と礼をして、武士は去って行った。

「なんだ」

男を振り返る加門に、意次は苦笑する。

「近頃、西の丸の者に付け届けする者があとを絶たないのだ。菓子折にはのしが付いていて、名が書いてあるのが普通でな、とにかく名を売り込みたいのだろう。わたしなどに取り入っても、なんの役にも立たないのにな」

「そうか、だが、わざわざ来るお人を邪険《じゃけん》にすれば、怨みを買うかもしれんな」

「そうなのだ、偉そうにしている、などと言われるのが関の山であろう。菓子折など困るのだが、受け取らねば相手の顔を潰してしまうし、困ったものなのだが」

ほう、と息を落とす意次の背を、加門は笑顔で叩いた。

「この先のことを考えればしかたあるまい。皆、必死なのだろう」加門はその背を押して歩き出す。

「せっかくだ、料理屋で飯を食おう」

目の端で周囲を見渡しながら歩く加門は、おや、と目を止めた。一人、間を置いて武士が付いてくる。目が意次を捉えているのがわかった。

加門はあえて、振り向いた。男が足を緩め、顔を背《そむ》ける。

意次が立ち止まり、

「ここだろう、前にも来たな」

料理屋へと入って行く。加門もそれに続きながら、振り返った。男の姿は人混みの向こうに紛《まぎ》れて見えなくなっていた。

二階の角部屋に入り、加門は窓際に意次を誘った。ここなら、話が聞かれることはない。

「大奥の話なんだが……」

小里に聞いた話を、意次に伝える。

「ふうむ、月光院様にとって、あの一件はさぞかし痛手であったろうな。しかし、水戸の奥山喜内も交竹院も、裏切るつもりはなかったであろうに」

「そのあたりはどうなのだ。水戸藩は家継様が幼君であられたから、いざというときのために次期将軍の座を得るために大奥に近づいたのか……」

「それとも単に、奥山一族の欲だったのか。確かに、わからんな。そもそも、奥山家の二人も、ただ見通しが甘かっただけ、という気もするな」

首をひねる意次に、加門も頷く。

「ああ、まさか大騒ぎになるとは思っていなかったのだろうな。いや、騒ぎにしようとする動きに気づいていなかった、というべきか。そこも見通しが甘いわけだが」

「うむ、わたしも月光院様の名が出て気になったから、いろいろと聞いてみたのだがな、月光院様は御側御用人《おそばごようにん》の間部詮房《まなべあきふさ》とずいぶん親密だったそうだ。間部は家宣公亡きあと、堂々と大奥に出入りして月光院様と会っていたという話でな、幼い家継様が、間部はまるで将軍のようだ、と言ったらしい」

「へえ、間部というのは能役者上がりながら、家宣公の信頼は篤かったのだろう。上がってくる書状はすべて間部の手で、将軍に渡していたという話を聞いたぞ」

「ああ、新井白石《あらいはくせき》と二人、御側御用人として城内を牛耳《ぎゅうじ》っていたということだ。が、それがほかの家臣らの反感を買っていた、と。なにしろ、間部は役者上がりであろう、それも大きかったと思うぞ」

「そうか、由緒《ゆいしょ》正しい譜代《ふだい》の家臣にしてみれば、馬の骨風情が、というところだな」

「ああ」意次が眉を歪める。

「血筋だ家格だとこだわるのが、重臣方の倣《なら》いだからな、腹の虫が収まらなかったのだろうよ」

「しかし、家宣公がそこまで引き立てたなら、間部は才知があったのだろう。白石は間部の人柄をほめて、君子人であると言っていたそうではないか」

「ああ、だが、白石は間部に取り立てられた者だからな、ひいき目があっても不思議ではない」

「ふうむ、人はなまじ力を得ると、驕慢《きょうまん》になるからな。人々の反目《はんもく》を買うような態度になったのかもしれん。で、重臣方が潰《つぶ》しにかかったと……」

「うむ、天英院様のほうは間部と白石よりも、それに反目する重臣方を支持されていたらしい。そこは月光院様と天英院様の確執ゆえだろう」

眉を寄せる意次に、加門もつられて頷いた。

「そこで引き起こされたのが、江島の騒ぎか。しかし、待てよ……間部と白石にはお咎めがなかったのだろう、どうもすっきりしないな」

「うむ、それは確かに引っかかる。月光院様は江島を奪われ、評判も落ちたから、大奥での権勢も多少衰えただろう。月光院様が頼っていた間部もそのおかげは被っただろうが、御側御用人を解かれたわけではない」

間部詮房と新井白石は、吉宗が将軍に着任してから、任を解かれている。

「上様が二人を隠居させたのは、代替わりの倣いからすれば、不思議ではないものな。しかし、月光院様が上様を将軍に推したのなら、間部や白石もそれを支持したのではないか」

加門が首をひねると、意次が首を振った。

「ああ、そうかもしれぬ。だが、それで恩を着せられたら、その後のお立場に障《さわ》る」

「なるほど、前将軍ご生母の月光院様を無下にすることはできないが、御側御用人であれば誰も文句は言わない、いや、むしろ家臣に疎《うと》まれていた二人なのだから、追放すれば、家臣らからは支持されるということか」

「うむ、上様にはとっては二重に好都合……と、まあご真意はわからぬがな」

「そうだな、なにもかも推測に過ぎぬ」加門は、はぁっと息を吐いた。

「真相は我らごときにはわからぬか……城中も大奥も、上の方々の思惑は入り組んでいるからな」

ああ、と意次が苦笑する。

そこに襖越しの声が響いた。

「お待たせしました」

膳を持って、二人の女中が入って来る。

「どうぞ、ごゆっくり」

意次が立ちのぼる湯気に目を見張る。

「どじょう鍋を頼んだのか、この暑いのに」

湯気を立てる鍋には三つ葉が盛られ、その下に丸ごとのどじょうが重なっているのが見える。

「ああ、暑いときには精をつけたほうがいいんだ。ぼやぼやしていると七月だ、暑さ負けが出やすくなるからな」

「そうか、まあ、医者の言うことだ、従おう」

笑う意次に、

「よせ、医者見習いだ」

加門も笑む。意次はどじょうを口に運ぶと、

「おっと、熱いぞ……ああ、だがうまい」

湯気を吐く。

「そうだろう、そら、山椒《さんしょ》をかけると風味がよくなるぞ」

おう、と受け取った意次が、「そうだ」と顔を上げた。

「そういえば、そなたがこのあいだ家重様に差し上げた薬、お身体に合ったようだぞ。まだ残っているが、そのうちにまた頼む」

「そうか、それはよかった。近々持って行こう」

加門もまた湯気を吐きながら、頷いた。

二

料理屋を出ると、意次は空を見上げ、眼を細めた。

「お城で見る空と町で見る空は違って見える、不思議なものだ」

お城では気を張り詰めているからだろう……。そう思うが、加門は言葉にせずに呑み込む。

「せっかくだ、湯屋に行こう」

意次は笑みを浮かべて歩き出す。

ああ、と横に並んだ加門は、小さく振り返った。背中に人の目を感じる。

誰だ……。捉えたのは浪人の姿だ。ゆっくりと肩を揺らしながら、あとを付いて来る。目が、意次の羽織の家紋を見つめているのがわかった。

まずいな……。加門は意次の肩に手をまわすと、向きをうしろに変えさせた。

「なんだ」

「いや、お城に戻ろう」

加門は意次を左側にして、歩き出す。浪人は加門の右側に向かって進んでくる。

浪人の薄い眉が、小さく歪んだ。

向き合った間合いが狭まっていく。と、浪人はいきなり斜めに歩き出した。意次へと向かって来る。

あ、と加門は意次の肩を再びつかんだ。

引き寄せようとしたそのとき、足早になった浪人が意次の横を通った。

音が鳴る。

浪人の刀の鞘《さや》と意次の鞘がぶつかったのだ。

しまった、狙いはこれだったか……。加門は意次の前に飛び出した。

「これは、ご無礼をいたした」

頭を下げる加門に、浪人が進み出る。

「無礼も無礼、武士の命たる刀にぶつかってくるとは、腹蔵《ふくぞう》あってのことか」

「なに、そちらが急に……」

言いかけた意次を加門は手で制した。

浪人の大声に、すでに人々の目が集まっている。

「いや、詫びを申し上げる」

加門がさらに低頭する。

「詫びてすむことではない、そのほう、どこの家の者か」

荒らげる浪人の声に、意次もはっとして加門を見た。加門も目で頷き返す。

加門はすっと浪人に近寄った。

「話しをしましょう、あちらに」

目で道の先にある神社を示す。

「話しならここでいたす」

浪人は足を止めた人々を見まわしながら、さらに声を高める。

加門は素早く小柄《こづか》を抜くと、それを浪人の喉元に当てた。

「いえ、あちらで」

先端はすでに肌を突いている。

浪人はぐっと喉を詰まらせると、小さく頷いた。

加門がその背を押して、神社へと歩き出す。

集まっていた人々は散って行き、意次が黙って、二人のあとに続いた。

狭い杜《もり》に入ると、加門は浪人を突いて離し、正面に向き直った。

鯉口《こいぐち》を切って、浪人を見据える。

「金で雇われたのだろう、誰が雇った」

浪人も鯉口を切る。

「名など知らん、まあだが、あれは幕臣だろうな、藩士ではない」

浪人はすらりと刀身を抜く。と、それを意次に向けた。

「田沼というのはそのほうであろう」

「待て」

加門はその前に飛び出し、刀を抜いた。

ふん、と浪人が睨《にら》む。

「そなたには用はない、下がっておれ」手に力がこもるのがわかった。

「殺しはせぬ。別に斬らずともよかったのだがな、このような場所に来てしまっては、斬らねば騒ぎにできまい」

「やはり、それが狙いか」

加門が一歩踏み出す。

浪人の口が曲がって、笑いを産んだ。

「ふん、どうせそのほうら、剣術などまともに修めておらぬだろう。刃向かってもむだだぞ」

ふ、と加門も笑いで返す。

「見くびってもらっては困るな。我らは柳生新陰流《やぎゅうしんかげりゅう》の修練を積んでいる。相手をいたそう」

「ほう、それは頼もしいことだ。だが……」

浪人は横に跳んだ。

「やるのはこやつだけでよい」

意次の脇へと刀を向ける。

意次も刀を抜こうと、柄《つか》を握る。が、加門が手を伸ばしてそれを制した。

「そなたはだめだ」

その隙を突き、浪人の刀が怒声とともに、加門の頭上を狙った。

「退《の》けっ」

「退くか」

加門が、それを弾く。

それぞれの白刃が、空を切り、ぶつかる。

じりり、と互いの足が地面を踏み動く。

意次はもはや邪魔になるまい、とうしろへと下がった。

ええぃ、と気合いが放たれ、浪人の刀が加門の喉めがけて来る。

斜めに身を躱《かわ》し、加門は勢いのまま身を低くした。

刀身をまわすと、浪人の脇腹を打つ。

鈍い音が鳴った。

呻《うめ》き声とともに、浪人の上体が崩れる。

加門は峰《みね》のまま、浪人の腕に振り下ろした。

再び音が鳴り、それを浪人の喚《わめ》き声が消した。さらに地面に倒れた響きが重なる。

「行こう」

加門は刀を納めると、意次の腕をつかんで走り出した。

「騒ぎになれば、相手の狙いどおりだ」

小走りに杜を出ながら、意次は振り向く。

「あの者、どうなった」

「あばらと手首を砕いた。もう、二度と刀は握れん」

加門は前を見据えたまま、走る。

表に出た所で、加門は足を常に戻した。

息を整えながら、意次にささやく。

「お城に戻れ。当分、屋敷にも戻らないほうがいい」

田沼家の屋敷は城から少し離れた駒込《こまごめ》にある。

「ああ、そうだな」意次が唾を呑み込んだ。

「すまんな、わたしのせいで。怪我はないか」

なんの、と加門は笑顔を向けた。

「この程度で怪我などするものか。それに家重様の大事な御家臣を守るのも、務めのうちだ」

ぽんと意次の背中を叩く。

「ありがたいことだ」

意次も加門の背を叩き返した。

三

医学所の廊下を進むと、薬の匂いが漂ってきた。

弟子が煎じ薬《せんぐすり》を作っている手前で、将翁が生薬を調合している。

「先生」

加門が入って行くと、将翁が顎を上げ、来いと誘う。

「どうじゃった、このあいだの薬は」

「はい、効いたようなのです、なのでまた処方していただけますか」

加門はそっと一朱金が数個入った包みを置いた。

「ふむ、そう来ると思ってな、今、作っていたところじゃ」

将翁が器用に生薬を包んでいく。加門もそれを手伝いながら、ふと、顔を上げた。

「そういえば先生は、家宣公の頃にはもう江戸にいらしたんですよね」

「おお、おったぞ、よい薬を探してあちこち出かけてもおったがな」

「ならば」加門は声を落とす。

「奥医師の奥山交竹院についてなにか聞いたことはありますか」

奥山……と、口中でつぶやいて、将翁は首をひねった。

「わしは、奥医師になんぞ関心はないからのう。どうしてあんなものになりたがるのか、ようわからん……」

そこまで言って、はた、と面持ちを変えた。

「ああ、ああ、思い出したわ、奥山交竹院とな……江島の騒ぎで島流しになったお人じゃろう。確か、大奥にも深く関わっておったために罰を受けたという」

「そうです、その奥医師です、そのことでなにか聞いたのですか」

ううむ、と将翁は、思い起こすように顔を上に向けた。

「江島の騒ぎよりも前の話じゃ。大奥のお女中がお忍びで訪れ、いろいろと問うてきたのよ。あれは家宣公が将軍になられて、少し経った頃であったな」

「大奥の奥女中が、ですか。名は覚えておられますか」

声をひそめた加門に、将翁は「いや」と首を振った。

「名など問わなかったし、あちらも名乗りはしなかったと思うぞ。お城から来た、と言うたから、わしは大奥じゃろうとぴんと来たんじゃ。身許は伏せておきたかったのじゃろうて、話が話であったしな」

「話……」

唾を呑み込む加門に、将翁はそっと顔を寄せる。

「こう問われたんじゃ、毒を盛られても気づかぬ、毒味をしてもわからぬ、そのような毒がありますか、とな」

「毒……」

強《こわ》ばった加門の顔に、将翁は口を曲げる。

「そうじゃ、だからいくらでもある、と教えた。石見銀山《いわみぎんざん》など味がないから、食べ物に混ぜてもわからん。少しずつ与えていけば、じょじょに身体が弱ってやがて死に至る。が、病と思われるだけじゃ。そういうじわじわと効く毒は、毒味をしてもわからん、と説明をしてやった」

「それで、奥女中は……」

「ふうむ、考え込んでおったな。それで、小さな子供でも同じか、と聞くので、幼子ならば、効くのはもっと早い、と言うたんじゃ」

子供、と加門は胸中で反芻《はんすう》した。

天英院が側室に上げたお須免の方は、二人の男児を産んでいる。長男の大五郎は、月光院が男児を産んだ翌年に死亡し、その翌年に生まれた虎吉は、生後三月でやはり世を去った。

「その奥女中、誰のお付きであったか話しませんでしたか、天英院、いや、当時は御台様か、あるいはお須免の方……」

「ふうむ、そのようなことは申しておらんかったな、わしもどうでもよいから聞かんかったし」

そうか、と加門は腑《ふ》に落ちた。奥女中は将翁のこういう人柄を伝え聞いて、訪ねて来たのかもしれない。

「では、子供についてはなにか」

「子か……」将翁は首をひねったあとに、手を打った。

「そうそう、乳飲み子はどうか、と聞かれたな」

「乳飲み子ですか」

「そうよ、御膳を食べるような子供であれば、毒を仕込みやすいであろう。だが、乳飲み子の場合にも毒を盛ることができるのか、と問うので、聞き知ったことを教えたんじゃ」

「それは……」

ごくりと唾を呑み込む加門に、将翁は頷く。

「ふむ、まず乳首に毒を塗るという方法がある、乳母《うば》ならばたやすかろう。あとは白湯《さゆ》や汁に混ぜて飲ませる、というやり方じゃな。それに乳飲み子はなんでもしゃぶるから、それに毒を塗っておくという方法も使われる。毒味などのいる大人よりも、簡単であろう、となし
加門は愕然《がくぜん》として、絶句する。

将翁はその表情に、苦笑した。

「そのお女中も同じような顔をしておったわ。じゃがな、わしはちゃんと言うたぞ。幼子ははかない、身体も命もまだしっかりしておらんから、小さなことでも死んでし

まう。毒など盛らずとも、死ぬ子はたくさんいる、とな」

「それは、確かに……奥女中は聞いてどうでしたか」

「ああ、あとの説明はちゃんと聞いておったのかどうか……話の途中で強ばった顔になったから、なにかが己の考えと合致したのであろうよ」

加門も顔が強ばっていることに気づき、頬を揉んだ。

乳飲み子という言葉は、虎吉を思い起こさせる。

「あ、それで、その折に奥山交竹院という名が出たのですか」

「ふむ、まずわしから問うたのよ。わざわざこんな所まで来ずともお城であれば、奥医師がいるであろう、とな。したら、お女中のほうから奥山交竹院を知っているか、と聞かれてな、知らんと言うたら黙ってしまった。だが、奥医師は信用できぬゆえ、と最後に申したな」

「そうですか」

加門は頭の中で、これまでに聞いたいくつもの話を組み立てた。

おそらく、その奥女中は天英院付きの者だろう。大五郎と虎吉の死に関して、毒殺を疑ったに違いない。そして、月光院や江島と親しい奥医師奥山交竹院に、疑念を向けたのだろう……。

加門は、はっと目を見開いた。もしかしたら、その復讐に……。

将翁は横目で加門を見ると、止めていた手を動かし、また薬を包みはじめた。

「そら、そなたも包め」

「あ、はい」

加門は慌てて手を動かした。


外桜田の御用屋敷。

加門が戻ると、母の光代が笑みを湛えて出迎えた。

「まあ、ちょうどよいところに、父上も先ほどお戻りになったところです、ささ、お上がりなさい」

「母上はずいぶんとご機嫌がよろしいようで」

「ええ、なれど、それは父上からお聞きなさい」

はあ、と廊下を進むと、父の友右衛門が顔を出した。

「おう、よかった、帰って来たな、さあ、入れ」

招き入れながら、父もまた笑みを湛えた。

「家督相続の願い出に、お許しが出たぞ」

「そうなのですか」

「ああ、七月の三日に、正式に申し渡しがある。心して受けてくるのだぞ」

「七月三日……もうすぐですね」

向かい合う二人は、同時に耳を表のほうに向けた。人の声が聞こえてくる。

そこに足音が混じり、こちらに向かって来る。

「村垣さんがお見えですよ」

母の案内に続いて、村垣家の父母と千秋が姿を見せた。

「やあ、お許しが出たそうですな、とりあえずのお祝いにやって来ましたぞ」

「おお、これはかたじけない、さ、あちらへ」

客間へと移り、村垣家と宮地家で向かい合う。

「これで加門殿も当主、いや、めでたいことです」

村垣頼道《よりみち》の言葉に、妻の初《はつ》も、

「おめでとうございます」

と、手をつく。

「ほんにようございました」

千秋もにここと加門を見る。

「いや」友右衛門は、首筋を掻く。

「もっと早くにいたすべきであったのだが、わたしが隠居するのを厭《いと》うたばかりに、遅くなって申し訳ない」

「なに、その気持ちはよくわかる。大事なのはこの先ですからな、家督相続がすんだら、結納《ゆいのう》を交わすことにしましょうぞ」

はい、と加門は頭を下げる。そのまま上目で窺うと、千秋がうっすらと頬を染めて、頷いた。

「では、暦《こよみ》を見て、よい日を選ばねばなりませんね」

光代の言葉に、初もにこやかに頷く。

あ、と光代が腰を浮かせた。

「そうそう、ちょうどお赤飯を炊《た》こうとしていたのです。皆さんも召し上がってくださいな」

「まあ、なれば、わたくしたちもお手伝いいたしましょう」

初が千秋を促して立つ。

「そなたも宮地家のお赤飯を教えていただきなさい」

「はい」

女三人は廊下へと出て行った。

残った男三人は、ふっと顔を見合わせる。

「我らはこれでひと安心、というところだな」

友右衛門のつぶやきに、頼道も頷く。

「うむ、今のうちに決まってよかった」

加門は二人の顔を交互に見る。

「上様のお気持ちは、もう固まっておられるのでしょうか」

ふうむ、と頼道が腕を組んだ。

「それは我らごときにはわからぬが……しかし、家治様にはたいそうご期待なさっておられるようだな」

「ああ」友右衛門も頷く。

「以前、聞いた話だがな、上様が家治様に書をお教えになったときのこと……家治様の筆は勢いがよく、字が余って半紙から畳へとはみ出たそうだ。それをご覧になった上様は家治様は器が大きいと、たいそう喜ばれた、とな」

「うむ、わたしも聞いた。それでご安心なさって、御隠居のお考えを固められたのかもしれぬな」

すでに隠居している頼道は、深く頷く。

「しかし、いつ頃になさるのだろう。かように噂となっている以上、あまり日をおかぬほうがよいのではないか、と思うがな」

友右衛門が首をひねると、頼道が「そうだな」と首肯《しゅこう》した。

加門は口を噤んだまま二人を見る。宗武が将軍の座を狙って画策している、というのは家重の密命によって知ったことゆえ、言うことはできない。

「速《すみ》やかに進めばよいのですが……家督を譲るといっても、我らとはその大きさが違いますから、大変なことでしょうし」

加門のつぶやきに、

「うむ、真にな」父が苦笑を浮かべて答える。

「そのとおりよ、このような家、誰もほしがる者はいないだろうが、あちらはお城、国々の主となるのだからな、我らのようにはいかぬであろうよ」

「まったくな」頼道も城の方向へ顔を向ける。

「家が大きいほど、受け継ぐのも大仕事になる。若い頃には、いつか立派な門構えの屋敷に住みたいと願ったものだが、年々、そんな思いは消えていったな。こういうつましい御用屋敷のほうが、よほど安寧《あんねい》に暮らせるというものだ」

ははは、と父が頷いて笑う。が、その笑みを閉じて、加門に向いた。

「したが、そなた、今後はどうするのだ、やはり須田町の家で暮らすのか」

「ああ、いえ。医学所も主な講義は終わったので、毎日は行かずともよいのです。ただ、師の手伝いをすることは修業になるので、折々にあちらに行こうと思っています。家重様もまだわたしの修業を終わりにせよ、とは仰せではありませんし」

「ふむ、そうか……なに、妻がおるのに留守がちではよくない、と思うたのでな。それならばよかろう」

「ええ」頼道も頷く。

「加門殿の医術修業はお役目のうち。なに、千秋のことは気にしていただかずともよい。それに、町に馴染んだ者がいたほうが、我ら御庭番としても、なにかと便利、こちらはかわまず須田町にも行かれるがいい」

「そう言ってもらえるとありがたい。だが、そういえば、御庭番も江戸に来た頃は、二家が町で暮らしていたな」

友右衛門の言葉に、頼道も手を打つ。

「おう、そうであった、町のようすを探るためにな。それに、江戸の風習やら食べ物やら言葉やら、いろいろと知るべきことがあったしな」

「そうだったのですか」

驚く加門に、父は「そうよ」と頷く。

「我らも、その町暮らしの仲間から江戸の言葉を習ったのだ。しぐさやふるまい、物の食べ方までがいろいろと違ったからな。町に出ても怪しまれずに振る舞えるよう、ずいぶんと学んだものだ」

「うむ、そうであった」

二人は笑い合う。

その鼻がふと、動いた。

赤飯の炊ける匂いが、漂ってきたのだ。

「おう、そろそろできそうだな、その前に酒を用意しよう」

腰を浮かせようとする父に、

「では、わたしが言って来ます」

加門は立ち上がって廊下に出た。

朗らかな笑い声の立つ台所へと、加門は向かった。

四

江戸城、中奥。

庭に出て、加門は大奥の屋根を見上げた。東から差す陽射しが、大奥の御殿を明るく照らしている。

今頃、吉宗は大奥にいるはずだ。

将軍は中奥で寝起きをしても、朝には必ず大奥へと足を運ぶ。大奥にある御仏間《おぶつま》で、歴代将軍の位牌《いはい》を拝むため。その後、移った御小座敷に御台所が御年寄や御中臈らを連れて挨拶《あいさつ》にやって来る。総触《そうぶれ》と呼ばれる習わしだ。

加門は腕を組んで、御殿の屋根を見つめる。

総触にはしばしば月光院もやって来る、という話を聞いている。

そこで人払いをして、将軍と内密の話をすることなどたやすいはずだ……。加門はその情景を思い描いて、唇を噛んだ。

将翁から聞いた話を思い出し、頭の中で考えを巡らせる。

お須免の方が産んだ二人の男児は、毒殺されたのか……。いや、その真相を暴くことはもはやできないだろう。しかし、天英院はその疑念を強く抱いていたのかもしれない。大奥で毒を使うとすれば、最もたやすく行えるのが、奥医師の奥山交竹院だ。月光院と親しかったことを考えれば、さらに疑惑は深まる。天英院はそれを確信したため、江島の騒ぎを起こさせたのではないか。月光院や御側御用人らは処罰を受けなかったが、奥山は重罪となった。意趣返《いしゆがえ》しとしては、全うされたことになる……。

御殿を見る加門の目に、力がこもった。

大奥を侮《あなど》ってはならない……。そう思うと、自然と拳が握られる。

加門はゆっくりと大奥の裏側へと歩き出した。

月光院の姿はあれ以来、見かけてはいない。

それはそうだ、と加門は自答する。あとは城の中で動けばよいのだから、表立ったことをする必要はないのだ……。

加門は歩きながら、北へと目を向けた。

むしろ、あちらか……。

田安屋敷のある北の丸の林は、濃い緑に覆《おお》われている。それを横目で見ながら、加門は大奥をまわり込んだ。御殿の西側へと出て、そのまま表のほうへと歩いて行く。ひとまわりして、また中奥の詰め所へと戻るつもりでいた。

御殿の表には、役人らがつぎつぎにやって来る。

下級役人は早くに出仕するが、上役の中には、ゆったりと登城する者もある。坂を上ってくる人々を、加門は木立の下で眺めていた。上様御隠居、という噂が流れてから、役人らもどこか忙《せわ》しないように見える。

上役が入れ替えられでもすれば、我が身に変化が及ぶかもしれない。よい目に出るか、悪い目となるか、それを考えれば落ち着かないだろうな……。そう考えながら、加門は木の下から、皆のようすを見つめた。

下から上がってきた者は中雀御門《ちゅうじゃくごもん》を通って、御殿の表へと進む。その先の通用口から、各役所へと入って行くのだ。

目の先でも、そうした役人達が、御殿へと進んで行く。

はっ、と加門は半歩、踏み出した。

人々が脇によけ、道を開けている。

皆、慌てたように深々と腰を折り、低頭する。

開けられた道を歩くのは、田安屋敷の主である宗武だ。

大きく腕を振りながら、宗武は表の玄関へと入って行った。

宗武は従三位《じゅさんみ》で左近衛権中将《さこのえごんのちゅうじょう》兼右衛門督《けんうえもんのすけ》という官位を得ている。だが、官位は身分を示すだけで、実《じつ》はない。宗武に決まった役目はなく、こなすべき務めを負っているわけではない。

加門はそっと、宗武が消えて行った御殿の内を覗き見た。

宗武が登城する姿は、ずっと以前から頻繁に見られた。父である将軍に挨拶をするだけではない、城表で重臣らと会い、幕政に参加するためだ。特に松平乗邑が「家重廃嫡、宗武を世子に」と言い出してからは、政《まつりごと》への関心をますます高めたことが見てとれた。次期将軍を意識し、御政道に深く関わろうという姿勢だ。

やはり、今もそのお気持ちは同じなのだな……。加門はそっとその場を離れた。

昼を告げる太鼓《たいこ》の音を聞いて、加門は御庭番の詰め所に戻った。出仕した者は、ここで弁当を食べることになっている。

すでに包みを広げた五人の輪に、加門も入っていった。

暑さを考えて竹籠《たけかご》に握り飯を入れた、簡素な弁当だ。

旗本などは中身を競い合うが、同じ御用屋敷に暮らす御庭番は、見栄を張ったりはしない。

輪の真ん中にいる高橋が右の馬場《ばば》を覗き込む。

「おう、そなたもまた握り飯か、中は梅干しだろう」

「ふむ、暑いあいだはしかたあるまい。だが、飽きるな」

「ああ、わたしはせっかく屋敷が近いのだから食べに戻ると言ったのだがな、妻はこう返しよった。皆様とお弁当を広げてお話しするのも、大事でございますよ、とな」

「ほう、いいことを言うではないか」

「いや、顔が実に迷惑そうだったのだ。あれは戻って来られては面倒、という面持ちであったな」

ははは、と周りから笑いが起きる。加門も籠の蓋《ふた》を開けながら、吹き出した。

「それは無理もありませぬ」

馬場の見習いの息子が真顔になる。

「家では中食《ちゅうじき》など、朝餉《あさげ》の残り物を食うているのです。香の物とおひたし、味噌汁《みそしる》で終わりです。ですが、父上が戻られたら、そうはいかないでしょう。母上はお手間が増えるだけです」

「なんと」馬場が身を反らす。

「母の味方をするか、まだまだ子供よのう」

ははは、とまた笑いが立った。

そこに、廊下から薬罐《やかん》を下げた若者が入って来る。

見習いの一人である川村利通《かわむらとしみち》だ。御庭番は家督を継ぐまでの何年か、父について見習いをする。そのなかでも最も若い者が、茶を持って来ることになっている。

「御膳役《ごぜんやく》の方々が忙しく出入りをなさっていて、手間取ってしまいました」

薬罐を置きながら、利通が頭を下げると、

「ほう、なにかあったか」

その父が問うた。

「はい、田安様が昼の御膳をこちらで召し上がることになったと、聞くともなしに聞きました」

利通はそう答えながら茶を汲《く》むと、皆に順に配って行く。

「宗武様か、最近、よく中奥へも見えられるな」

一人がつぶやくと、隣も頷く。

「ああ、先日は、上様に遠国《おんごく》の税の管理について、なにやらお考えを申し上げていたそうだ。御側衆が宗武様はやはり英明であられると、話していたな」

多少冷ややかに言うのを聞いて、加門も苦笑が浮かびそうになるのを抑える。

御自身の才知を上様に訴えたいのであろうな……。そう思いながら握り飯を頬張ると、酸っぱい梅干しにあたり、顔が歪んだ。

「一橋様はあまり見えないようだが」

「ああ、宗尹様は鷹狩りやお菓子作りなど、熱中されていることが多いゆえ、城中のことにはさほど関心を持たれないのであろう」

「そうさな、もともとお世継ぎの座からも遠いお方」

「幼い頃は松平姓を賜ったのだったな」

え、と加門は顔を上げた。

「そうなのですか。そういえば、本来は四番目の男子であられるのですよね」

「ああ、御嫡男に宗武様、そこに続いて男児がお生まれになり、さらに宗尹様だ。すでに充分と上様もお考えになったのだろう、末の宗尹様には松平姓を与え、家臣になさるおつもりだったらしい」

「うむ、だが、御三男が幼くして亡くなられたゆえ、宗尹様が実質、三男として格上げされ、徳川姓になられた、ということよ」

「へえ」見習いの利通が身を乗り出す。

「田安様とは、はじまりから違うのですね」

「うむ」父の川村が頷く。

「そもそも、どこの家でも次男と三男では心構えが違うものだ。次男はいざというときのために、幼い頃から多少厳しく躾けられるが、三男四男にまではそれが及ばぬからな」

「ですが、上様も確か上に兄上方がいらしたのですよね」

利通の言葉に、父が「これ」とたしなめる。

「それは真だが、軽々しく口にいたすでない」

「まあ、末のお子が跡継ぎになられる、というのはままあること」

向かいから声が上がると、隣も続ける。

「そうさな、珍しいことではない。上様は末でのびのびとお育ちになったから、お考えも広く、よい政をなさっておられるのであろう」

吉宗は末子のうえ、母の身分が低かったために、幼い頃は家臣に預けられていたことが知られている。

「ふむ、それはしかり。城にとどまらず、世を知っておられるからこそ、端々にまで目が届かれるのだ」

馬場が飯を頰張りながら、我がことのように胸を張る。

「しかし」川村がつぶやく。

「そのようなことがあると、お世継ぎの座はなにが起きるかわからぬ、と誰もが思うであろうな。田安様の熱意が冷めぬのも、致し方のないことなのかもしれぬ」

皆は、眼を揺らす。

「すみやかにいくとよいがな」

なにが、とは言わないつぶやきに、皆の眼が頷く。

加門は梅干しの種を口に含んで、大きく顔を歪めた。


城表に人の足音が響きはじめた。

陽が中天《ちゅうてん》から傾き、下城する者がつぎつぎに表から出て行く。下級役人は残るが、上役ほど退出が早い。

加門は再び表玄関の見える位置に立ち、そっと人々の姿を窺った。宗武の動向が気になる。

しばらく佇んでいると、待っていた姿が現れた。宗武がまた腕を振り、玄関から出て行く。そのまま、前に進んで行く。

登城するときには、わざわざ城の正門である大手御門《おおてごもん》を通って来るのが宗武の常だ。北の丸から大奥の脇を抜けて来れば近いのだが、裏から来るというのは意に染まないらしい。だが、帰りはその近い道筋を通ることが多い。これまで、宗武の行動を見てきた加門は、それを頭に収めていた。

しかし、今、目の先を歩く宗武は、まっすぐ正面に進んで行く。

加門はそのあとを追った。

坂を下りて、左手の門に入れば二の丸だ。そこから北の丸に戻ることもできる。が、宗武は右手の大手三の御門を潜った。その先は下馬橋《げじょうばし》を通って、大手御門に至る。

お城の外に出るつもりか……。加門はそう気づくと、右へと走り出した。

どの御門を通るかは、身分によって定められている。身分の低い御家人は、大手御門から出入りすることはできない。

坂下御門《さかしたごもん》へと走ると、そこから城外へと出た。

すぐに大手御門の方向へと戻る。

大手御門を出て濠を渡った所に宗武の姿を見つけ、加門は足を緩めた。宗武はいかにも大身《たいしん》の旗本然とした男と、話をしている。

加門は傍らの屋敷の塀に身を寄せた。城の内曲輪《うちくるわ》であるこの一帯は、大きな大名屋敷が並び、大名小路《だいみようこうじ》と呼ばれている。徳川家に連なる者や譜代の大大名などしか、この辺りには居を構えることができない。

加門は、行き交う武士や下城の行列に混じって、そっと宗武を窺った。

やがて、旗本と別れ、宗武はこちらに向いた。

加門は慌てて顔を伏せた。宗武には顔も名も知られている。

人々が挨拶するのに応えながら、宗武は加門に気づかないまま通り過ぎた。そのあとを、そっと付けて行く。

おそらくは……。加門は行き先に見当を付けていた。

宗武が大きな門をくぐる。

やはりな……。

予期したとおり、老中首座松平乗邑の屋敷に入って行く。この一帯で、一番大きな屋敷だ。

加門は門の近くまで近づくと、高い塀を見上げた。広い庭の木々が見えるくらいで、内を窺うことはできない。

加門は踵を返すと、歩き出す。が、はっと息を呑んだ。

前から行列がやって来る。見覚えのある漆《うるしぬ》塗りの乗り物は、乗邑の物だ。

加門は立ち止まり、礼を尽くすように顔を伏せた。

乗邑は加門の顔をさらによく覚えているはずだ。

乗り物の窓は暑さのために開けられ、御簾がかけられている。中に座る乗邑の姿が、影のように窺えた。

気づかずに、このまま行き過ぎてくれ……。拳を握る加門の前を、行列がゆっくりと通る。

乗り物が前を過ぎたのを見て、加門はほっと顔を上げた。と、同時に「止まれ」という声が洩れた。乗り物が止まる。御簾が上げられた。加門はゆっくりと目を向ける。顔が外に出され、こちらを向いた。

「ほう、やはり宮地加門であったか」乗邑がこちらを見上げる。

「また探っておったのか」

加門もしかたなく向き合った。

「いえ、そのようなことでは」

ふん、と乗邑は鼻に皺を寄せる。が、その顔をふっと後ろに向けると、

「山之内《やまのうち》はおるか」

声を投げた。

「はっ、ここに」

付き従っていた供の一人が駆け寄る。

「兵衛《ひょうえ》、そなた」乗邑がにやりと口元を歪めた。

「新しい刀の試し斬りをしたいと言うていたな」

「は、はぁ」

狼狽《うろた》える山之内に、乗邑が顎で加門を差し示す。

「あやつではどうだ。蚊《か》ほどの者だが、うるさいので払いたい」

は、と山之内が加門に向く。

乗邑の声が笑いに変わった。

「試してもよいぞ」

「は……」

山之内は目で周囲を探る。

周りの者らも同じように動揺しており、ただ見つめるばかりだ。

山之内は手を柄《つか》にかける。

加門はそっと、唾を呑み込んだ。

ここで刀を抜くわけにはいかない、どうするか……。拳で空を握る。

山之内の手に力がこもるのがわかった。鯉口を切ろうとしている。

ははは、と笑い声がそれを遮《さえぎ》る。

身を乗り出した乗邑が、笑いながら声を放った。

「戯《ざ》れ言《ごと》よ、本気にいたすな」

は、と山之内の手が下りる。

「行くぞ」

乗邑の声で、乗り物が担ぎ上げられる。

行列は、再び屋敷に向かって進みはじめた。

まだ、立ち尽くしている山内の肩を一人が叩く。

「そら、兵衛参るぞ」

山之内兵衛がこちらを振り返りつつ、歩き出した。

加門はぐっと息を呑み込むと、その行列の背中を見つめた。門の内に一行が消えるまで、加門はそこで見送っていた。

五

七月三日。

本丸表の廊下で、加門は裃《かみしも》姿《すがた》で膝をついていた。

頭上では、宮地家家督相続を許すという書状が留守居役《るすいやく》によって読み上げられている。

御庭番の相続許可は、焼火之間《たきびのま》の前の廊下で申し渡されるのが慣例だ。御家人のなかではそれなりの格式といえる。

「ありがたくお受けいたします」

認可の書状を受け取ると、加門は深々と礼をして、立ち上がった。

これで家督相続のための儀式は終了だ。

中奥へ戻ると、詰め所で待ち受けていた仲間が、笑顔で迎え入れた。

「やあ、めでたいめでたい」

「うむ、これで一人前だ」

「長かったな、よく務めてきた」

「しかし、一人前の務めはとうに果たしておったものな」

皆がそれぞれに加門の肩や背を叩く。

「皆様のご指導のおかげです」

加門もにこやかに礼を言うと、高橋が首をひねった。

「屋敷で祝いの席を設けようとも思ったが、なに、じきに婚礼であろう」

「そうよ」吉川《よしかわ》も言う。

「いっしょに盛大に祝えばよかろう」

「はい、そのほうがなにかと」

加門も頷く。

今は己のことよりも、城中のことが気になる。加門は北の丸から西の丸へと、ゆっくりと顔を巡らせた。


翌日。

西の丸へと赴いた加門は、手にした包みを揺らしながら、庭から中奥の戸口へと向かっていた。

戸口が間近になったとき、加門は慌てて横に逸れ、膝をついた。

吉宗が中から現れたのだ。

二人の小姓だけを従えて、吉宗は庭へと出て来る。その足運びを、低頭する加門の前で止めた。

「ほう、加門か、面《おもて》を上げよ」

はっ、と見上げた加門に、吉宗は小さく頷いた。

「家重によう仕えているようだの、この先も頼むぞ」

「はっ、かしこまりました」

礼をする加門に頷き返し、吉宗が去って行く。

加門は立ち上がりながら、手にした包みを掲げた。どうするか、出直すか……。

その加門の耳に、

「おい、加門」

と呼ぶ声が届く。戸口の内から、意次が手を振っていた。

小走りに寄って行った加門の腕を、意次が引っ張る。

「ちょうどよかった、上がれ」

「しかし……」中奥を見やる加門の耳に、意次が口を寄せる。

「家重様は少し休まれると仰せになって大奥に行かれた」

そうか、と引かれるままに、加門は上がる。

意次の部屋に入ると、加門はほっと息を吐いた。

「上様に会うとは思わずに、驚いた。西の丸にお越しとは、珍しいな」

「うむ、最近、いくどか見えられていたのだ」

向かい合って胡座を掻くと、「そうだ」と意次は身をひねった。

「無事に家督相続がすんだのだろう」

背後の棚から、細長い木箱を取り出すと、加門の前に置く。

「これは祝いだ」

「なんだ、そんなことを……」

「いいではないか、一生に一度のことだぞ」

意次の笑顔に、加門もつられる。

「見てもいいか」

「ああ、開けてくれ」

木箱の蓋を取ると、漆塗りの短刀が現れた。

加門は手に取ると、鞘から刀身を抜いた。白刃が窓からの光に、輝く。

「なんともよい刃だな」

「ああ、新たに作らせたのだ。そなたは危険が多いからな、ちゃんと身を守ってもらわなくては困る」

意次が笑顔のまま、加門の肩を叩く。

「ありがたくもらうぞ」

加門は木箱を閉じると、置いてあった包みを引き寄せた。

「そうだ、わたしもこれを。といってもそなたにではなく、家重様への薬だ」

「おう、これもまたありがたい、お渡ししておく」

包みを掲げる意次に、加門は身を乗り出す。

「家重様のお加減はよろしくないのか」

「ああ」意次は声を落とした。

「そのことなんだが……いや、そのまえにそなたの話を聞こう。わざわざ来たのは、薬だけではないのだろう」

うむ、と加門は口を開く。

「宗武様のことなのだが……」

最近、登城が多いこと、そして松平乗邑の屋敷を訪れていたことなどを話す。

「ふうむ、そうか」意次は天井を見上げた。

「最後のあがき、というところか」

「最後になればよいがな」

加門が顔を歪ませると、意次はそっと顔を寄せてきた。

「これはまだ内密の話なのだがな……」

加門の耳元で口を動かす。

「そうなのか」

目を見開く加門に、意次は小さく頷いた。


七月七日。

中奥の御庭番の詰め所で、加門は正座をして目を閉じていた。が、目を開けると、立ち上がって窓へと寄って行く。青い空を見上げると、踵を返して、廊下へと歩いて行く。

「どうした、加門、落ち着きがないぞ」

馬場《ばば》が書物から顔を上げて、加門を振り返る。

「腹でも痛いのか」

吉川が眉を寄せた。

「ああ、いえ、大丈夫です」

苦笑いを返して、加門は部屋の隅へと移動した。が、腰を下ろす前に、廊下を振り返った。バタバタという足音が近づいて来る。

「おい」

駆け込んで来た高橋が、そこで仁王立《におうだ》ちになる。

皆、黙って見上げるなか、高橋が大きく息を吸い込んだ。

「上様が、御隠居を公《おおやけ》にされた」

なに、と皆が立ち上がる。

「西の丸に移られて、大御所様となられるそうだ」

「西の丸に、では……」

「うむ、西の丸の家重様が、将軍として本丸に移られる。九月に譲位《じょうい》されるそうだ」

高橋はほうと息を吐く。

「そうか」

皆は顔を見合わせて頷き合う。

加門は、そっとその場を離れ、外へと出た。

表の玄関へとまわり、木立の陰からようすを窺う。

早足で数人が出て来る。

顔は引き締まり、誰もが口を結んでいる。

知らせるべき所へ、急いでいるに違いない。

おそらくすぐに、田安屋敷と一橋屋敷にも、知らせが届くだろう。

加門はそのまま、表の騒ぎを見つめていた。

第四章　城中震撼《しんかん》す

一

「どれ、庭の見廻りにでも行って来るか」

御庭番の詰め所で、吉川が立ち上がった。

「うむ、わたしも行くぞ。我らのみ暇そうにしているわけにはいかぬからな」

「ああ、皆、忙しそうにしているのに、気が引ける」

二人は出て行く。

将軍が代替わりを宣言してから、半月近くが経っている。

本丸と西の丸の入れ替え、という事態に、城中はずっと慌ただしい。

加門も詰め所を出て、廊下を歩き出した。西の丸にでも行ってみようか、と思ったのだ。

「おっ、加門」

横の廊下から声が上がった。駆け寄って来たのは意次だ。

「お、どうした」

驚く加門に、意次は顔を巡らせる。

「本丸中奥の造りを見に来たのだ。そなたの詰め所を探していたのだが、わからなかった。やはり西の丸と違って広いな」

「ああ」加門は振り向いて、出て来た部屋を指で差す。

「詰め所はあそこだ」

「そうか、よしわかった。これからは同じ本丸中奥詰め、いつでも会えるな」

意次の笑顔に、加門も小さく笑う。

「ああ、しかし、本丸は人の目が多いから、かえって気が張るな」

「なあに、気にすることはない。そなたは将軍の命《めい》を直々《じきじき》に受ける御庭番なのだし、わたしは小姓、関わることに障りはあるまい」

「まあ、それはそうか」

「そうだ、用があれば詰め所に行くし、そなたもわたしの部屋に来ればいい」

「部屋か、もう決まったのか」

「いや、それもあって造りを見に来たのだ。まず、全体のようすも知らねばならないしな、ちょっと来てくれ」

歩き出す意次に、加門も付いて行く。

中奥は将軍が暮らす場所だ。西側には御小座敷と呼ばれる寝所や御休息之間《ごきゅうそくのま》という居間をはじめ、いくつもの部屋がある。能舞台さえもあり、不足はなにひとつない。西側は御側衆の詰め所である多数の部屋が並び、御庭番の詰め所はその端にある。

意次は足音を忍ばせるように、西側へと進んで行く。

身分の低い者は、普段、近づくことはない。

しかし、御庭番は将軍のお召しがあるため、加門もしばしば足を運んでいる。

意次は立ち止まると、一つの部屋を指さし、小声で振り向いた。

「ここをわたしの部屋にいただこうと思うのだ」

へえ、と加門は位置を頭に入れる。

「そういえば」加門も小声になった。

「家治様はどうされるのだ」

家重の長子である家治は、本丸で育てられている。八歳までは本丸大奥で育ち、それ以降は中奥で暮らしている。吉宗が己で養育する、と言い出したためだ。

「うむ、上様とともに西の丸に移られるそうだ。本来、西の丸は世子様の御殿だしな。しかし、こちらの部屋もそのまま残すらしい」

「そうなのか」

「ああ、ときどきはこちらに来て、父上と過ごす時を増やしたほうがよいと、御判断されたのではないか」

「なるほど」

領く加門に、意次は、

「戻ろう」

と、歩き出す。

「東側の造りを教えてくれ」

よし、と加門は意次と並んだ。

小部屋の多い東側の造りを、加門は説明しながら歩く。

行く先々の部屋で、荷造りなどが行われ、皆、忙しそうに働いている。吉宗について西の丸に移る人々だ。

「大変だな」そうつぶやいて、加門は意次を見た。

「だが、そっちも同じか。西の丸も準備を進めているのだろう」

「ああ、西の丸ははもっと大変だ」意次が肩をすくめる。

「なにしろ、大御所様が暮らすことになるのだからな……」

言いかけて、意次は加門の袖《そで》を引っ張った。

「外に出よう」

「うむ」

二人は庭へと出て、本丸御殿の東側へ向かった。

「そら、そこが大奥の御広敷門だ」

加門が振り返り、指を差す。

半分開いた門の内側には、積まれた荷物が見えた。大奥も家移《やうつ》りの準備をしているらしく、慌ただしく行き来する人の姿も見える。

「こちらも大変そうだな」

意次もそれを覗く。

「ああ、皆が西の丸に移るわけではなかろうが、それなりの数が上様に付いて行くことになるのだろうな」

加門はふと、身を投げた美鈴の顔を思い出した。

が、前に向き直ると、

「そして、こっちが白鳥濠」

加門は低い石垣を登りはじめた。

「おう、このあいだそなたが落ちたところだな」

意次も追って来て並んで立つ。と、下を覗き込み、慌てて身を引いた。

「こんな高い所から落ちて、よく無事だったたな。下から見上げるのとは大違いだ」

「はは」加門は笑う。

「まあな、とっさに石垣を蹴って、助かった」

笑いを収めつつ、加門は周囲を見た。この辺りはもともと人気《ひとけ》がなく、警護の者もあまり来ない。意次も真顔になった。

「西の丸の表は、今、普請を入れて広くしているのだ。本丸表から、役人らを少し移すらしい。上様は大御所となられたあとも、政《まつりごと》に携《たずさ》わるおつもりなのだろう」

「そうか……家重様はこれまで、あまり表に出られなかったからな、そうなるのも不思議はないか」

「うむ、家重様もそれにご異存はないようだ。むしろ当面、御政道は大御所様を頼りにされるだろう」

「そうか、そのほうが家重様のご負担も軽くなるだろうしな。それに大御所様がうしろにおられようが、将軍は将軍。これで官位さえ得れば、家重様も揺るぎはないな」

征夷大将軍《せいいたいしょうぐん》という官位は、朝廷《ちょうてい》に願い出て、賜る仕組みだ。

意次が頷く。

「この冬には官位も下されるだろう。そうなれば、もう誰にも口は挟めまいよ、たとえ宗武様でも老中首座様でも、大奥でも、な」

「結局、上様は月光院様のお言葉をお聞き入れにならなかったわけだな」

加門が大奥の御殿を振り返ると、意次も目を眇《すが》めて見た。

「ああ。大奥の言い分を聞いて将軍を決めたりすれば、その先が大変なことになる」

「そうだな、変に力を持たせれば障りとなる」

「まあ、なにはともあれ」意次は両腕を伸ばした。

「これでひと安心だ」

くるりと身を翻すと、石垣を下りはじめる。

「西の丸に戻るのか、表までいっしょに行こう」

加門もそれに続いて、御殿の脇を歩き出した。

役人の詰める表も、やはり忙《せわ》しない気配が漂っている。

それを横目で見ながら、二人は中雀御門へと向かった。

門から通用口へと続く道は、人が忙しそうに行き交っている。

あっ、と加門は立ち止まって意次を制した。

「どうした」

問う意次に、加門は顎で前方を示す。

「宗武様だ」

玄関に向かって歩いている。

加門は意次とともに、木立に身を寄せた。

「まだ登城なさっているのだな」

意次のささやきに加門が頷く。

「上様の御宣下《ごせんげ》以降も、しばしば来ておられる」

宗武は開けられた道を進んでいく。

「違うな」

加門のつぶやきに、意次が首をひねった。

「なにがだ」

「周りだ。腰の曲げ方、頭の下げ方、間《ま》のとり方……変わらぬ者もいるが、変わった者のほうが多い。以前よりもぞんざいになった」

　ほう、と意次が首を伸ばす。

「そうか、以前は万が一にも将軍になる目があったが、もうそれもなくなった……人というのはあからさまなものだな」

　ああ、と加門は苦笑する。

「宗武様もあからさまだ。足取りがまるで地面を蹴るようだ」

「そうか、そなたはよく見ているものな。だが、当分、あのお方は機嫌が悪いだろうから、迂闊《うかつ》に近づくなよ」

　ううむ、と加門は眉を寄せる。

「しかし、まだ家重様からは、探れという御下命を解かれていないからな」

「む、そうか。だが、こうなってはもう身動きはとれまいよ」

「まあ、それもそうだがな」頷いた加門は、はたと、意次を見た。

「あからさまといえば、そなた、継室を娶《めと》れという縁談話がいろいろときているのだろう」

「ああ、それか」意次が天を仰ぐ。

「とりあえず城中が落ち着くまで待ってくれと、言ってあるのだがな」

「しかし、こうなってしまったからには、ますます持ち込まれる話が増えるだろう。上様のお小姓ともなれば、引く手あまた……人はあからさまだからな」

ううむ、と意次は眉を寄せて首をひねる。

「そうかもしれん、厄介《やっかい》なことだ」

ふう、と息を吐くと、意次は加門を見やった。

「そなたはよいな。武家で好いた者同士が夫婦になるなど、そうそうあることではないぞ。婚礼はいつだ」

「いや……」加門は申し訳ないような気持ちで俯く。

「九月九日に結納だから、婚礼は年内、ということになるな」

「そうか、いよいよだな」

意次が空に目を移す。

「ああ、だがな、須田町の家にはしばしば行くからな、そなたも来ればいい」

「そうなのか」

「うむ、医術修業をせよという家重様の御下命はそのままだから、それが解かれるまでは医学所に通うつもりだ」

そうか、と意次は満面の笑みを浮かべた。

「それはいい、ではまた湯屋に行けるな。料理茶屋にも飯屋にも」

「ああ、どこにでも。本当にそなたは町が好きだな」

「それはそうだ、面白いではないか。お城や武家にはないものが、町にはある。わたしはな、町人や商いを生かすことで、もっと世を動かすことができるのではないか、と考えているのだ」

目を輝かせる意次に、加門のほうは眼を細めた。

「そなたならやれそうだな。上様の御側衆であれば、御政道への参画もかなうだろうし、楽しみだな」

意次はにっと笑う。

「実は楽しみにしている」

そうか、と加門も笑顔で意次の肩を叩いた。

「さ、戻れ、忙しいのだろう」

その手で意次の背を押す。

「おう、ではまたな」

意次は振り返りながら、歩き出す。

そのうしろ姿を見送りながら、加門はつぶやいた。さて、わたしは暇だな……。

二

須田町の家から医学所へと加門は向かった。

朝の講義に出るために、弟子らが集まって来ていた。

「先生」

加門が奥へと行くと、将翁が書物を片手に現れた。

「おう、加門か、久しぶりじゃのう」

将翁は加門の二の腕を押して、向きを変えさせた。

「ちょうどよい、今日は海応ではなくわしが講義をするから、聞いていけ」

「先生がですか」

「ああ、話しておかねばならんことがある。そなたも聞いておいて損はないぞ。正吾にも聞くように言ってあるんじゃ」

「はい、では」

加門は師に従って、部屋へと入った。浦野正吾がすでに座っており、加門を見るとにっと目で笑った。

正面に座った将翁は、皆の顔を見まわして背筋を伸ばす。

「さて、今日は昨日の続きではない、別の話をする。公方様が代替わりをされるということは、皆も聞いておろう」

弟子達が「はい」とそれぞれに頷く。

なにを話そうとしているのか、と加門は思わず師を見つめる。将翁は加門に、片目を細めて頷いた。

「わしはお城のことなどはよくわからん。役人の仕事や暮らしぶりについても、よく知らん。じゃが、長く生きて来たのでな、公方様の代替わりはいくどか見てきた。そのときには、お城の重臣方や役人方も、替わるものだと知っておる。上役が替われば、下役にも余波が及んで替わるもんじゃ、そのあたりは、皆もわかっておろう」

弟子達が頷く。

ここの弟子には町人もいるが、多くは御家人や旗本の息子だ。家を継ぐことはない部屋住みだが、父親の役人暮らしを見てきている。

将翁は置いていた書物を手に取った。

「この『黄帝内経《こうていだいけい》』は今までよく学んできたな」

はい、と皆が返す。

前漢《ぜんかん》時代の医学書である『黄帝内経』は薬や鍼灸《しんきゅう》、気功《きこう》や養生について、幅広く説明したものだ。

将翁は手にした書物を掲げた。

「このなかには、医者が過ちを犯さぬように、いくつもの注意が記してある。なかでも大事なのは、患者からよく話を聞け、ということじゃ。それを聞かずに診断を下すと正しい判断ができぬ、とな。医者が病人と対したときには、心配事はないか、飲み過ぎや食べ過ぎをしておらんか、毒に当たったりはしておらぬか、なにか行き過ぎたことをしてはおらんか、などということを、まずじっくりと聞かねばならん。それを怠《おこた》ると、病を見誤まってしまうんじゃ」

弟子達は神妙に頷く。

加門もかつてその内容は教わっていた。

将翁は口を大きく開ける。

「さらにじゃ、こうも書かれておる。話を聞くさいには、暮らしぶりを問うことが大事である。以前は高い身分であったのに、今、落ちぶれているというようなことはないか、とな。そのような身であれば、内から病が生じてくる。日々、やせていき、気が衰えて、気力も体力も落ち、元気がなくなっていく。そういうお人は、臓腑《ぞうふ》を調べても病は見つからないために、話を聞かない限り、どこが悪いのか診断できぬのだ。そういうお人を見たことはないか」

「はい」と一人の弟子が手を上げた。

「わたしの伯父《おじ》が、御役を解かれたあとにそうなりました。げっそりとして、寝込んでしまわれて」

「ふむ、まさに、この話に当てはまるな」

将翁はゆっくりと皆を見渡す。

「公方様が替わられると、それまでの身分を失う者が少なからず出る。そなたらの周りにも、そういうお人が現れるかもしれん。そなたらはまだ診断を下せる身ではないが、まず念頭に置いておくのが肝要じゃ。もしかすれば、その病人が医者から誤った診断を下されるやもしれぬからな。もし、そういうお人がいたら、藪医者《やぶいしゃ》に頼るのをやめさせて、この医学所に連れて来るがよい」

笑いを浮かべた将翁に、皆も頬を弛めて「はい」と頷く。

「それと、もう一つ」将翁は声を改めた。

「これはそなたらが医者になってから大事になるからな、ようく覚えておくのだぞ。『黄帝内経』では、高い身分を失ったお方、ということになっているが、実は身分に限ったことではない。わしも昔は、身分にこだわっておったのだが、あるときに気づいたんじゃ。ある商人を診たおりに、どうにも診断がつかずに困ったのでな、相手の話を改めて聞くことにした。すると、しばらく前にお店《たな》を火事で失った、ということがわかったというわけじゃ」

おお、と弟子達から嘆息のような声が洩れる。

「先生」一人が手を上げる。

「うちに出入りしている呉服屋も火事で焼けたあとに、寝込んで商売ができなくなりました。息子が継いでなんとかなりましたが」

周りで、そういえば、などと頷きが広がる。

「ふむ、それよ」将翁は弟子達を見渡す。

「それ以来、わしは誰にでも問うことにした。なにか、大事なものを失っていないか、とな。すると、つぎつぎに出て来たんじゃ。ある女人は子を失ったと言い、ある老人は財を騙《だま》し盗られたと言う。子は母を失ったと言い、若い男は女房に逃げられた、というではないか。そうだ、かわいがっていた猫が死んでから寝られぬようになった、というお人もおったな」

ほお、とまた声がさざ波になる。

「そういえば、わたしの従兄《いとこ》は……」一人の弟子のつぶやきに将翁は、

「なんじゃ、言うてみよ」

と、促す。

「はい、従兄はある娘御に想いを寄せていたのですが、その娘が嫁に行くという話を聞いて、めっきり憔悴《しょうすい》してしまいました」

「恋の病か」

「お医者様でも、というやつだな」

「いや、病は病だ」

周りがつぶやく。

「ふむ」将翁は大きく口を開く。

「思う相手に袖にされる、というのも同じことよ。要は、大事なものは誰にでもある、ということじゃ。そして、それを失えば人は元気も精気もなくす。そこから病が生じることもあるのでな、気持ちのありようと、侮《あなど》ってはいかん」

「はい、先生」一人が手を上げた。

「わたしも思い出しました。母が亡くなったあと、父は急に病がちになったのです。ですか
父はいつも母に怒ってばかりいたので、情などないのだと思っておりました。ですか

ら、わたしは父の病が母を亡くしたことと関わりがあるなど、考えてもみなかったのですが、もしかしたらそういうことだったのでしょうか」

「ふうむ、して父上は元気になったのか」

「いえ、翌年に寝付いて亡くなりました」

　そうか、と将翁は頷く。

「それもおそらくそうであったろう。夫婦のことや男女のことは、人にはわからんもんじゃ。いや、家族のこともよそからはわからん。さらにな、己の心すらわからぬこともある。失ってから初めて、それが大事なものであったと、わかることもあるのだ。そなた、父の死に悔《く》いがあるか」

「いえ、これまでありませんでした。子供にも冷たい父だったので。ですが先生のお話を聞いて、見誤っていたのかと、初めて悔いが生まれました」

「ふうむ、悔いというのは終わってから生まれるものじゃからな、しかたがない。その悔いを学びとして、この先、活《い》かすことじゃ」

　弟子は深く頷いた。

「よいな」将翁は顔を引き締める。

「病人に対したときには、我らはじっくりと耳を傾けねばいかん。そのお人を知ることが病を知ることになるんじゃ。わかったか」

「はい」

返事が揃う。

なるほど、と加門は将翁の言葉を頭に刻み込む。

またしばらく通うことにしよう、と加門は、将翁に目で礼をした。


御用屋敷の家を出て、加門は空を見上げた。

八月に入り、空の雲もすっかり秋めいている。

「宮地殿」

細い声が、遠くから届いた。

やって来たのは大奥養生所に入っていた安藤美鈴だ。

「ああ、これは」

足を向けた加門は、はたとそれを止め、周りを見まわした。

「こちらに来てはまずいのではないですか」

「いえ」美鈴は首を振る。

「篠山様にお許しをいただきました」

「そうですか。しかし、まだおられたのですね」

はい、と美鈴は項垂《うなだ》れる。

「あのようなことをして気恥ずかしく、大奥に戻る気になかなかなれずに、ぐずぐずしておりました」

それはそうか、と加門は納得する。あのとき、上様がいらして温情をお示しになったから養生所に送られたが、厳しい罰を受けても不思議ではない。大奥では冷たく当たる者も出るだろうから、それを思えば怖くなるだろう……。

そう考えると加門は微笑みを作った。

「せっかくこちらに来たのですから、ゆっくりなさってもいいのでは」

「はい、わたくしも甘えさせていただきました。ですが、そうこうしているうちに、上様御隠居のお触れを聞いたのでございます。いよいよこの先、どうしたものかと……いっそこのまま下がろうかとも思ったのですが、行く当てもございませんし、眠れなくなり、また具合が悪くなってしまっていたのです」

「そうでしたか、いや、わたしもお加減を伺いに上がればよかったのですが……」

そうはいっても養生所はあくまでも大奥の屋敷。うかつに近づくわけにはいかない。

「いいえ、殿方がお見えになるのは障りあること、それは弁《わきま》えております。それよりも、今日はお礼を……」美鈴は深々と頭を下げ、それを上げた。

「昨日、大奥から使いが来まして、本丸の者も、残りたい者は残れることになったそうです」

「え、そうなのですか」

「はい。これを機に下がりたい者は下がってよし、ということですが、わたくしのように帰る家のない者もそれなりにおります。上の方々はやはり、ある程度の者に暇を出すおつもりだったようですが、それが取りやめになったようです。当面、いてもよい、と」

「ああ、それはよかった」

「はい、これも宮地殿のおかげと存じます。そのお沙汰《さた》は、本丸に移られる家重様がお決めになったようなのです。宮地殿が我らの実状をお伝えくださったのでしょう」

そうか、と加門は腑に落ちた。美鈴の話が家重様のお心に届いたのだ。この先、本丸の主は家重様になるのだから、上様も御判断を委《ゆだ》ねたのだろう……。

「いや、わたしなどお役には立っていないはず。なにはともあれ、それはよい運びになりました」

加門の笑みに、美鈴の顔も真の笑顔になる。

「真に、かたじけのうございました」

美鈴はいま一度、深々と礼をして、屋敷へと戻って行った。

加門は城の空を見上げた。

三

九月九日。

「いくひさしゅう……」

「よろしくお願い申し上げます」

向かい合った宮地家と村垣家が、頭を下げる。

結納の品が床の間に移され、皆から安堵《あんど》の息が洩れた。

「さあ、御膳をお持ちいたしましょう」

千秋の母の初がいそいそと立ち上がり、膳を運ばせる。

加門の隣に座った母の光代が、しみじみと千秋を見た。

「今日の千秋さんはきれいだこと」

千秋は紅を差した紅《あか》い唇を微笑みに変えた。

「いえ、お化粧《けしょう》のせいです。この日にしていただいてようございました。暑い日ですと、汗で崩れて見られたものではありませんもの」

はは、と父の友右衛門が笑う。

「そうか、わたしはもっと早くにと言ったのだが、うちのがどうしてもこの節句にと言い張りましてな。まあ、よかったということですな」

「まあ、いいに決まってます」光代が胸を張る。

「重陽《ちょうよう》の節句ですよ、よいことがこの先も重なっていくのです。そういうことでしょう、加門」

「はあ、まあ」加門は母に頷く。

「わたしも医学所の師に教わったのですが、この重陽の陽は数字のことなのです。すべてに陰陽があるという理《ことわり》から、偶数が陰で奇数が陽とされていまして、陽が縁起がいいと。ですから、一月一日、三月三日、五月五日、七月七日、そして九月九日が節句とされているわけです。陽の数字では九が一番大きな数ですから、最も縁起がいいと考えられて、それが重なるので重陽といわれる、と聞きました」

「おお」千秋の父頼道が手を打つ。

「なるほど、それで上様は七月七日に御宣下をされ、九月に代替わりをされることにしたのですな」

「はい、おそらくそれを踏まえてのことだと思います」

「まあ、お城でも縁起は大事にされるのですね」

胸を張る光代に、初も頷く。

「わたくしもちゃんと縁起を担ぎまして、今日は菊酒を作ったのですよ。ささ、皆さん、お召し上がりくださいな」

それぞれが膳に置かれた盃を見る。注がれた酒に赤い菊の花びらが三本、浮かんでいる。

「おう、重陽の節句に菊酒を飲めば、元気で長生きできるといいますな」

盃を取る友右衛門に、光代も続きながら、息子を見た。

「菊は身体によいのですか」

「いや、それは」加門は苦笑を浮かべる。

「それも先生に聞いたのですが、菊酒というのは、ある古い言い伝えからきているそうです」

「まあ、どういう言い伝えなのですか」

千秋が身を乗り出す。

「ずっと千数百年も昔、魏《ぎ》という国があったそうです。文帝《ぶんてい》という皇帝が身体によいという名水を探して来い、と臣下を山奥に送ったところ、そこで美しい少年に会ったのです。山奥に少年とは不思議なことだ、と身の上を問うてみると、なんと、少年は七百年の時を生きていると言ったそうです」

「七百年」

皆の口が揃う。

加門は苦笑を深めて、頷いた。

「はい、言い伝えですから。その少年が語るには、遥か昔、周《しゅう》という国の穆王《ぼくおう》に仕えていたとのこと。穆王から寵愛を受けていたものの、あるとき、うっかりと王様の枕を跨いでしまったために罰を受け、山奥に流されたそうです。その山中で、菊の露を飲んだことで不老長寿になった、という話です。菊慈童《きくじどう》という謡《うたい》もあるそうですよ」

「まあ、そこから菊を浮かべた菊酒が生まれたのですね」

光代が盃を掲げると初も倣った。

「縁起がいいお話ですこと」

二人が酒を含む。

「あら、そうでしょうか」千秋が菊の花びらを覗き込む。

「歳をとらずに生き続けるなんて、はじめはよくても、すぐにいやになるでしょうに。寵愛も失って山奥で独り生き続けるなんて、気の毒ですわ」

「まあ、この子は、おめでたい席でなんということを」

初がぴしゃりと千秋の膝を叩く。

「ああ、いや」加門が手を上げた。

「はっきりとものを言うところが、千秋殿のよいところですから」

ほうら、と言いたげに千秋は胸を張る。

ほう、と友右衛門が息子を覗き込む。

「のろけだな」

「いや、そういうわけでは」

「なあに、よいよい、今のうちにのろけておけ。夫婦など十年もすれば、のろけののの字もなくなるものだ」

はははは、と破顔する。

「まあぁ」光代が目を尖らせた。

「それはわたくしにご不満がある、ということですか」

「い、いや、そういうことではない」

慌てる友右衛門に頼道が助け船を出す。

「なに、長く連れ添えば、のろけずとも情は通じる、ということでしょう」

「そ、そう、そういうことです」

友右衛門の狼狽えに、加門も笑いを洩らす。千秋も身を揺らして、笑い出した。


数日後。

城から下がって数寄屋橋御門《すきやばしごもん》を出た加門を、うしろから足音が追って来た。

「宮地殿」

あ、と加門は向き直る。安藤美鈴の弟勝馬だ。

「これは安藤様でしたか、その節は」

「いや、こちらこそ、姉のことではお世話になりました」

かしこまった安藤は、手にしていた風呂敷包みを加門に差し出した。

「これはつまらないものですがお納めください」

「いや、そのようなことは困ります」

「いえ、是非に。先日、姉より文が届きまして、大奥に戻ることができた、宮地殿のおかげだと記してありました」

「いやいや、そのような……」

首を振る加門の胸に、安藤はぐいと風呂敷包みを押しつける。

「それに、いま一つ、お頼みしたいことがあるのです」

そういうことか、と加門は目を動かした。通る人々がちらちらとこちらを見ている。

しかたなく包みを受け取ると、加門は、

「歩きましょう」

と、足を踏み出した。

はあ、と並んだ安藤は、横目で加門を窺う。

「宮地殿は上様からのお覚えもめでたく、西の丸様からの信頼も篤《あつ》いと聞きました」

「いえ、そんなことはありません。ただお役目を果たしているだけです」

「ご謙遜《けんそん》を……あの、わたしは姉を邪険《じゃけん》にしているわけではありません。できれば家に迎えたいのですが、その、なにかと……」

「ああ、はい、それは承知しております。同様のお話は安藤様だけではありませんから、御安心ください。他言することもしません」

「そうですか」安藤はほっと息を吐いた。

「いや、実はわたし自身のこともありまして……わたしは上様について西の丸に移れるかどうか、怪しいのです」

　加門は横目で見る。

「安藤様は小納戸役でしたよね。上様のお身の周り品を調《ととの》える御役でしたら、変わらずに必要とされるのではないですか」

　一応、言ってみるが、加門はそうか、とも思う。本丸から西の丸に移ることを機に、人を減らすだろうことは想像できる。

「上様は倹約を掲げられていますから」安藤は肩をすくめた。

「それに、わたしは上役に疎《うと》まれているのです」

「上役に、ですか」

「ええ、わたしの上役は付け届けを望むお人でして、皆はそれに合わせてなにかと贈り物をしているのです。ですがうちは妻が……なんというか、そういうことをしたがらないのです」

　加門は安藤家を訪れたときのことを思い出した。義姉を迎えることを否《いな》むほどであるから、よけいな出費を拒《こば》んでも不思議はない。

「それで疎まれているというのも理不尽《りふじん》な気がしますが」

「いや、それだけでなく……そのせいで、わたしは面倒な仕事ばかりを押しつけられる、ということになりまして……」

「それはますます理不尽ですね」

むっとして胸を張る加門とは反対に、安藤は背中を丸くする。

「はい、なので、わたしはそれを口にしてしまったのです」

「抗議をしたのですか」

「いえ、陰で……」安藤の首が短くなった。

「そうしたら、聞いていたうちの一人が、それを上役に告げ口をしたのです」

小さくなった安藤を前に、加門は洩れそうになる溜息を抑えた。

「なるほど、しかし、はじまりも途中も理不尽、それで疎むほうが間違っていると思いますが」

「はい、ですが役人の人事など理不尽なもの、それが普通なのです。これを機に御役を外されるか、別の役にまわされるか……」

安藤は顔を上げると、一歩、加門に寄った。

「あの、もしもわたしの名が出ましたら、よしなにお取り計らいいただけないでしょうか」

そういうことか、と加門は胸の中でつぶやきながら、安藤の正面に向き直った。

「いや、わたしはしがない御家人、そのような力はありません。表のことはわかりませんし、お役所に関わるようなこともありませんので」

加門は頭を下げると、一歩退いた。

「これにて失礼いたします」

ああ、はい、と安藤も頭を下げた。

「お引き留めして申し訳ない。ですが、もしもわたしの名を聞くようなことがありましたら、どうか、悪い男ではない、と」

加門はそれには答えず、もう一礼した。

「では」

踵を返し、歩き出す。

背中に安藤がおじぎをするのを感じつつ、加門は足早になる。

皆、戦々恐々《せんせんきょうきょう》としているのだな、と加門は胸の中でつぶやいた。

吉宗も将軍になってすぐに、家宣、家継の代で実権を握っていた間部詮房と新井白石を罷免《ひめん》した。将軍が変われば、臣下にも入れ替えが起きるのは避けられない。そして、それは下にも波及する。

確かになにが起きるかは、我らにはわからないからな……。加門は眉を寄せて、城の上に広がる空を見上げた。

四

九月二十五日。

吉宗が西の丸に移り、家重が本丸に入った。

新将軍に挨拶するために、大名が続々と本丸への坂を上ってくる。祝いの品を掲げた使いの武士らも各藩から送られ、城からはいつもの静けさが消えていた。

御殿に呑み込まれていく人の波を、加門は木陰から見つめていた。

おや、とその目が吸い寄せられる。宗武と宗尹の兄弟も、憮然《ぶぜん》とした面持ちで現れたからだ。形だけでも祝いを述べねばならない悔しさが、噛みしめた口からわかる。

まあしかし、と加門は木陰を離れた。これで勝負はついたのだ……。そう思うと、肩の力が抜けていく。

祝賀の賑わいは、そのあと数日間、続いた。


十月八日。

「加門、いるか」

中奥の詰め所に、意次が片目を覗かせた。

すぐに出て行くと、意次は「来てくれ」と、歩き出した。

中奥を抜けて、表へと進んで行く。

「どこへ行くのだ」

加門のささやきに、意次は目だけで「しっ」と返事をして、廊下を進んで行く。

御庭番は大名や重臣を探ることもあるため、表の造りは大まかに知っている。加門は進むにつれて、眉を狭めていった。

やがて突き当たった部屋に、加門は、

「大広間ではないか」

と、口を開いた。

意次は廊下を曲がって横にまわり込む。と、辺りを見まわして加門の腕を引くと、素早く中に入った。広い部屋には誰もいない。

「大丈夫なのか」

ためらう加門の腕を離さずに、意次は将軍が座る上段の斜めうしろに進んだ。竜の絵が描かれた襖が、幾枚も並んでいる。

意次がその一枚に手をかけて開けると、高さはあるが奥行きの狭い内側が見えた。中にはなにもない。

「ここは」加門は中に入って、見まわす。

「警護の者が控える武者隠しか」

「そうだ、上様警護役の書院番《しょいんばん》が、こういう仕組みになっていると、教えてくれたのだ」

外に立つ意次の声を聞きながら、加門は襖を手で触れてみる。

「紙は一枚なのだな。なるほど、これなら声や物音がよく聞こえる」

ああ、と意次も中に入って来た。

内側から、意次が襖を閉めると、あ、と加門の声が洩れた。

襖のあちらこちらから、細い光が差し込んでいる。

「穴が開いているのか」目をつけた加門は、

「へえ、外のようすが見えるな」

「ああ、絵に合わせてわからないように穴が開けられているのだ」意次は薄暗がりの中で、加門に顔を向けた。

「ここに入ってほしいのだ」

「わたしが、か」

「うむ、上様の命《めい》なのだ」

上様、と加門は口中で繰り返す。そうか、もう家重様が上様なのだ、意次はすっかり切り替えができているのだな……。

意次が声をひそめる。

「実はな、明日、重臣らを集めることになっている。巳《み》の刻（午前十時）に集まることになっているのでな、そなたはそれよりも前にここに入って、控えてほしいのだ。上様が、加門に命じよ、と仰せになってな」

「上様が……それはもちろん、従うが……」

なにゆえ、と問う目に意次は首を横に振った。

「上様がなにをされるのかは、わからん。大岡様はご存じのようだが、わたし以下、聞かされてはいないのだ」

ふうむ、と加門は腕を組む。

「とにかく御下命にしたがうのみ、だな」

「ああ、すまんな、説明もできずに」

薄闇の中でも、意次が申し訳なさそうに顔を歪めるのが見てとれた。加門は片目を細めてみせる。

「なんの、上様のご指名とは名誉なことだ、いや……お役目であったな、承知いたしました」

にっと笑う加門の肩を、意次はぐっとつかんだ。

その手を伸ばして、襖を開ける。

外に出た二人は、眼を細めながら、広間を見まわした。

「明日か」

加門は小さくつぶやいた。


翌日、九日の朝。

加門は巳の刻よりも四半刻《しはんとき》（三十分）前に、大広間に出向いた。襖の内に入って、姿勢を定める。まさか抜くことはあるまいが、と思いつつも、刀の鞘を握り、確かめた。

じっと息を潜めていると、やがて足音が集まって来た。

廊下を歩く音。

そして、中へと入ってくる音。

さらに、着座する衣擦れの音。

加門は穴に目を寄せた。

最前列に老中が並び、中心に老中首座の松平乗邑の姿がある。次の列には若年寄《わかどしより》らが控える。そのうしろにも人々が続くが、穴からは顔を見ることはできない。加門は目を動かした。宗武と宗尹の姿はない。

加門はゆっくりと息を吐いた。

なにがはじまるのか、とそっと唾を吞み込む。もしかしたら、なにかお触れを出されるのか……しかしそれならば、なぜ、わたしをここに、と……。

頭の中で渦巻く考えが、はたと止まった。

重々しい衣擦れの音が広間に入ってきた。将軍ならではの、錦《にしき》の擦れる響きだ。

「上様のお成りぃ」

と、声が響く。

数人の足音も続く。大岡忠光、それに意次もいるはずだ。

耳を澄ませた加門は、将軍家重が上段に上がったのがわかった。そこで着座した気配が届く。

おそらく大岡忠光は隣に控えているはずだ。

加門はさらに耳を澄ます。

忠光の声が響いた。

「公方様の御下命をお伝え申す」

書状を広げる音が聞こえてくる。

忠光が大きく息を吸い込んだのがわかった。

「本日十月九日」その声が放たれた。

「松平左近衛将監《さこのえしょうげん》乗邑、老中首座並びに勝手掛、すべての役を罷免いたす」

しんと広間が張り詰めた。

が、その静寂に小さなさざ波が立ちはじめる。息やつぶやきが生まれ、広がる。

加門は穴に目をつけた。

最前列の乗邑が手をつき、低頭した頭を少し上げ、目で正面を捉えているのが見える。その顔は強ばり、口は今にも開きそうに、震えている。

忠光が丸めた申し渡し状を差し出すと、乗邑はずっと音を立てて膝行《しっこう》し、それを受け取った。

背後の人々が揺れ出した。顔や肩が動き、声やつぶやきが交わされている。

「お静まりを」

忠光の声で、皆の動きが止まる。

「御下命は以上。上様はお下がりになられる」

衣擦れとともに、数人の足音が出ていく。

たちまちに、広間にざわめきが広がった。

穴に目をつけた加門は、乗邑を捉えた。

周囲の人々も乗邑を見つめているが、誰もが腿の上で拳を握り、動こうとしない。

乗邑がゆっくりと立ち上がった。幾人かの声がかかるが、それには応えずに、歩き出す。手を握り締めたまま、乗邑は広間を出て行った。

皆も、それに続くように、動き出す。

「なんと」

「ううむ」

「いや……」

言葉にならない呻きを発しながら、散って行く。

ほどなく大広間から人影が消えた。

が、一つの足音が入って来た。

「加門、いるか」

意次の声に、加門は襖を開ける。

「来てくれ」

中奥の方向を顎で示す意次に、加門は付いて歩き出した。

「驚いたな」

加門のつぶやきに、意次も小さく振り向く。

「ああ、まさかこのようなことだとは、わたしも思っていなかった」

廊下は表から中奥へと移り、人の姿も減る。意次は足を緩めると、加門を見た。

「上様はあとで説明するよりも、その場に加門を立ち会わせたかったのだろう」

なるほど、と加門は頷く。大広間での将軍謁見《えっけん》に、御目見得《おめみえ》以下の御家人が同席することなどかなわない。廊下で控えることすら、不可能だ。

「どこへ行くのだ」

「上様のお召しだ」

意次は中奥の廊下を進んで行く。

「御庭番は雪の間でお会いするのが慣わし……」

加門のささやきに、

「そうなのか、だが、今はいいだろう」

意次は迷いなく、奥へと進んだ。

「参りました」

「うむ、入れ」

忠光の声に、二人は入って行く。

家重がそこにいた。

忠光が加門を見る。

「松平乗邑へのお沙汰、聞いたであろう」

「はい」

低頭する加門に忠光が続ける。

「上様の御下命だ、宮地加門、そなた松平乗邑と周辺の動きを探れ。罷免を受けてどう出るか、見極めねばならぬ」

「はっ」

思わず顔を上げた加門に家重が頷き、忠光が手を上げた。

「今日、これからすぐに、と仰せだ。そうさな、なにか動きがあれば、夜でもよい、知らせに参れ」

意次が加門を見て、

「わたしもずっといる」

強く頷く。

「かしこまりました」

加門はぐっと口を閉めて、改めて低頭した。

五

中奥を出て、表へと加門は足を進めた。

おそらく乗邑はまだ城中にいるはずだ……。

老中の部屋が並ぶ一番奥に、加門はゆっくりと近づいた。襖が開け放たれ、中から乗邑の声がしている。

「文机《ふづくえ》はお城の物だ、そちらの文箱は持ち帰る。誰か、屋敷から柳行李《やなぎごうり》を持って参れ」

「はい」

返事とともに、家臣が出て来る。

通り過ぎる家臣を見やって、加門は耳を澄ませた。

持ち帰る荷物をまとめているらしい。控えの間で使う布団などは、皆、己で持ち込むのが城の習わしだ。

「書物は御文庫の物もある。わたしが選別するゆえ触るでない」

加門はそっと、部屋から離れた。乗邑はしばし、荷造りにかかるだろう……。

廊下を曲がって、加門は表を進んで行く。

ある部屋から抑えた声が洩れてきた。

「しかし罷免とは、上様も思い切ったことをなさる」

「うむ、これほど早く動かれるとは、意外であった」

「上様は積年のお怨みを晴らされたのであろうな」

「ああ、廃嫡などと言われて、怒らぬお方はおるまいよ」

「しかし、上様のお気に沿わねば、こうなる、ということであろう」

「我らも気をつけねばならぬな」

数人が顔を寄せ合っているらしい。

「うむ、迂闊《うかつ》なことを口にしてはならぬ」

その声には、怖《お》じ気《け》が感じられる。

加門はさらに廊下を進んだ。

あのお方はどう出るのか……。眉を寄せつつ、ある部屋に近づく。

勘定奉行《かんじょうぶぎょう》の神尾春央《かんおはるひで》の控えの間だ。

乗邑がその才を買って引き上げ、片腕として使ってきた男だ。

〈百姓と胡麻《ごま》の油は絞れば絞るほど出る〉と公言し、実行したことで、大きな業績を上げてきた。年貢を上げ、取り立てを厳しくしたことで、公儀の収入は増え、神尾に指示を出した乗邑は、その功で一万石の加増を受けたほどだった。

神尾の部屋の襖はぴたりと閉まっている。が、耳を澄ませると、声が聞こえてきた。

一方は聞き覚えのある神尾の声だが、もう一方はわからない。

「しかし、この先はどうされるのですか」

「どうもせぬわ」神尾が答える。

「上様がお決めになったことに、口など挟めるものか」

「ですが、首座様は御奉行様に取り立ててくださったお方……」

「もう首座ではない、罷免されたのだ」

「はあ、ではなんとお呼びすれば」

「ふうむ、以前は官位の左近衛将監から、将監様と呼ばれておったな」

「では将監様は、大恩のあるお方なのではないですか」

その言葉に、ふっと神尾の笑いが洩れた。

「恩などとは思わん。わたしはそれに見合う仕事を果たしたのだ。首座様から礼を言われこそすれ、わたしが恩義を負う筋ではない」

「はあ、そういうものですか」

相手の戸惑いに、神尾は「そうだ」ときっぱり答える。

「上様のお怒りを買ったお方、下手《へた》に関わるとこちらまでとばっちりを食う。この先は関わらないことが良策よ」

加門はそっと、襖から離れると、浮かびそうになる苦笑を噛み殺した。神尾春央、そうきたか。勘定高さは人との関わりにまで及ぶのだな……。

神尾は動かない、と加門は頷いて、また歩き出した。

表の廊下を、人が慌ただしく追い抜いていく。いつもは足音を立てずに歩く役人らが、今日は音を立てて、行き交っている。皆、面持ちは険《けわ》しい。

廊下の片隅で立ち話をしている二人が、目に入った。

「老中方は反対されなかったのだろうか」

「あのお方は権高《けんだか》なところがあったゆえ、かえってせいせいしたと思っているのではないか」

「そうか、確かに、上様よりも威張っている、という陰口を聞いたことがあるな」

「ああ、驕慢《きょうまん》、傲慢《ごうまん》と言われていたからな。案外、惜しむお人はいないかもしれぬ」

加門は廊下を曲がって中奥へと進んだ。

外に出て、動きを待つことにしよう……。草履《ぞうり》を履《は》くと、中雀御門へと向かった。


御門の見える木陰で、加門は佇んでいた。

あっ、出て来た……。加門は目を見開く。

役人が出入りする通用口から、乗邑が現れたのだ。供を付けず、一人、御門へと歩いて行く。

間を置いて、加門はあとを追った。

大手御門から出れば、屋敷はすぐだ。が、乗邑は坂を下りて右手に折れる。西の丸へと続く道だ。

大御所様に会うつもりか……。加門はさらに間合いをとって付いて行く。

緩やかな坂を上って、乗邑は西の丸の中奥へと向かった。

今はこの西の丸に大御所となった吉宗が暮らしている。

乗邑は戸口に立つ番人と言葉を交わした。

短いやりとりだ。

乗邑はすぐに西の丸に背を向け、坂を下りはじめた。と、そのまま坂下御門から、外へと出て行った。

加門も続いて坂下御門を出た。ここの門番は顔見知りなため、目で頷いて通り抜ける。乗邑は屋敷に戻るのか、と加門はその背中を追った。

思ったとおり、乗邑は自分の屋敷へと戻って行った。屋敷の前で右往左往していた家臣らが、主の姿を見つけて駆け寄って来る。すでに罷免の噂が伝わっていたに違いない。家臣らは動揺を顕わにして、主を囲んでいる。

その光景に背を向けると、加門は再び坂下御門へ戻った。

「忙しそうですな」

門番の男が出たり入ったりする加門に小声で言い、加門は苦笑で返した。

御門から西の丸の中奥へと向かう。ここの戸口に立つ番人も以前は顔見知りだったが、今は違う。本丸から吉宗について移って来た者だろう。

「お伺いしたい、先ほど松平乗邑様がいらしたが、何用であったのか」

番人は怪訝《けげん》そうな顔で加門を睨む。

「なにゆえに、そのようなことを訊かれるのか」

「上様の御用だ」

小声で答える加門に、番人はたちまちにかしこまった。

「大御所様にお目通りなさりたい、と仰せでした。しかしながら、大御所様はご不在とお答えしたところ、お帰りになったのです」

「ご不在……どこかにお出ましになられたのか」

「ええ、朝、突然、小菅御殿《こすげごてん》に行かれるということで、お出ましになられたのです」

小菅御殿……加門は口中でつぶやく。千住宿《せんじゅしゅく》の先でやや遠い。それであきらめたのか……。

加門は番人に礼を言って、西の丸を離れる。

とりあえず、家に戻って、支度を調えよう……。外桜田の御用屋敷へと、加門は歩き出した。

尻ばしょりをした中間《ちゅうげん》の格好で、加門は乗邑の屋敷の裏口に行った。

やはり開いているな……。

裏門は開かれており、荷物を持った家臣が入って行くのと入れ違いに、柳行李を抱えた中間が出て行くなど、慌ただしい。

加門は他の中間に紛れて、するりと屋敷の中へと入り込んだ。

しめた、とつぶやいて、加門は立てかけてあった竹箒《たけぼうき》を手に取る。

庭の掃除をしながら、じょじょに屋敷に近づき、表側へとまわり込んだ。

庭に面した座敷を、加門は目で追っていく。一番眺めのよい場所が、おそらく主の部屋のはずだ。

ここか……。横目で見ていると、突然、障子が開いた。乗邑だ。

慌てて背を向けて、加門は箒を動かす。

背後で、大きな音が鳴った。乗邑が木箱を投げたのだ。蓋が外れた箱から、壺《つぼ》が転がり出る。続けて、皿が投げつけられた。

加門はそっと離れながら、目の端で乗邑を捉える。廊下に立った乗邑は、さらに文箱を投げつけ、地面にばらける筆や硯《すずり》を見て、肩で息をした。

気がすんだのか、中へと戻る乗邑に、家臣が走り寄った。

「田安様がお見えです」

「そうか、お通ししろ」

やはり来たか、加門は俯いたまま、屋敷へと近寄って行く。

すぐに足音を立てて、宗武がやって来た。

待っていた乗邑は、宗武を部屋の中へと誘《いざな》った。

廊下の下に蹲《うずくま》って、加門は草むしりをはじめた。耳を澄ませば、声が聞こえるはずだ。

「聞きましたぞ、一体、どういうことです」

宗武のいきり立った声に、答える乗邑の声は冷ややかだ。

「さあ、上様のお考え、としかいいようがありませんな」

「罷免とは……なにゆえだと、兄は言っているのですか」

「ふむ……」

紙の広げられる音がした。受け取った申し渡し状を開いているのだろう。

乗邑がそれを読み上げる。

「この申し渡し状によれば、わたしの権高を先の上様、これは吉宗公のことですな

……先の上様が窘《たしな》めたにもかかわらず、一向に改めようとせぬこと不届き、と書かれておりますな」

「窘めた、とは、父上はなにか言われたのですか」

「さあ、言われたことがあったかどうか、よく覚えてはいませんな」

物音が鳴る。宗武が申し渡し状を投げたらしい。

「このようなことを……やはりあの家重は大虚《おおうつ》けだ。父上に訴えましょう」

「ふむ、いやわたしも先程、西の丸を訪れたのですがな、大御所様は小菅御殿にお出ましになられておりました」

「小菅ですか」

「うむ、そのあとにじっくり考えたのだが、上様のお沙汰は大御所様も当然、ご存じのはず。家重様の御判断を、お許しになったに違いない」

「あ……」宗武の声が詰まる。

「確かに、父上のお許しなしにするとは、考えにくい。そうか、だから騒ぎをやり過ごそうと、小菅に行かれたのか」

「おそらくは……そうなれば、大御所様に直々に訴えても、撤回は無理でしょうな」

くっ、と宗武の喉が鳴る。

「しばし、お待ちくだされ。父上はわたしに新しく参議《さんぎ》の官位を賜れるよう、朝廷に願い出ていると仰せでした」

「ほう、参議ですか」

「ええ、兄の征夷大将軍の官位といっしょに下されるはずです。官位が上がれば、わたしももっとものが言いやすくなる。城中の諸侯に訴え、家重めの愚かな沙汰を取り消させるよう、働きかけます。それに首座……いや将監殿も皆に話されればよい。老中ではなくとも佐倉藩主《さくらはんしゅ》、七万石の大名であることには変わりないのですから」

ふうむ、と唸ったのち、乗邑の声が穏やかになった。

「いや、わたしはもう、本丸表には戻らずともよい。それよりも、西の丸でなにかお役をいただいて、大御所様にお仕えさせていただくというのもよかろう、と、先ほど思いつきましてな」

「西の丸で……そうか、父上はこの先も御政道に携われるはず、それはよい考えかもしれませんね」

「うむ、小菅から戻られたら、申し上げてみようと思うている」

「わたしも参りましょう、ええ、それは名案……そうだ、いっそ、今後は西の丸で政を行えばいい」

宗武のうわずった声に、乗邑が笑いを放つ。

「ははは、よいかもしれぬ、さすが宗武様ですな」

宗武もつられて笑い出す。

加門は手を止め、聞いた言葉を胸の奥にしまい込んだ。

「おい」

背中から声がかかる。はっと振り向いた加門を、中間《ちゅうげん》が見下ろす。

「こんな所でなにをしている、見かけない顔だな」

「はい、ちょっと草むしりを」

「草……草などたいしてないじゃないか、おまえ、名はなんだ」

「はあ」加門は立ち上がって、顔を伏せた。

「惣七《そうしち》といいます」

じわり、と足を動かす。上目で見ると、遠くの裏門が開いたままなのがわかった。

「怪しいやつだな」

顔を覗き込まれ、加門は慌てて手を振る。

「いえ、そんな、あたしは神田の口入れ屋から来たんで」

「神田だと、ここでは京橋《きょうばし》の口入れ屋を使っているのだぞ」男が辺りを見まわす。

「おうい、誰か」

その声に、目の前の障子が開き、乗邑が顔を覗かせた。

「なんだ、騒がしいぞ」

まずい……。加門の足が地面を蹴る。

そのまま、裏門へと走る。

「おい、待て」

中間の声が追ってくる。

「誰か、そいつを捕まえてくれ」

人の影が、遠くで動く。

加門は一直線に走った。

「待て」

やって来た男を、腕で払う。

前から駆けて来る男の姿に、加門は身を伏せた。相手の脚をつかみ、倒す。

「曲者《くせもの》だ」

その声で、足音が四方から鳴った。

横から腕が伸びてくる。加門はそれを蹴り上げ、続いて顔を殴りつけた。

裏門へと走る。

が、そこに人影が立った。

あ、と加門は息を呑む。乗邑に試し斬りをやってみろ、と言われた山之内兵衛だ。

山之内は近づいて来る中間の姿を見て、仁王立ちになった。が、さらにその間合いが狭まったときに、山之内もはっと目を見開いた。加門の顔を凝視する。

「そなた、あのときの……宮地加門……」

加門は辺りを素早く見た。

山之内が駆けて来る。

走りながら、刀の柄に手をかける。

加門は跳んだ。

山之内の腕を蹴る。

わっ、と声を上げて、山之内が地面に転がった。同時に加門は地面を蹴り、松の木に飛びつく。

枝を蹴り、次の枝も蹴って一気に上ると、木から塀の上に飛び移った。勢いのまま、地面へと下りる。

裏門から人が飛び出してくる。

山之内の姿もあった。

加門は駆け、追って来る者を離す。

間合いは見る間に広がっていく。

加門は坂下御門へと走った。

門番はいつもの顔見知りの男だ。が、中間が走って来るのを見て、身構えた。

加門は立ち止まって、にっと笑う。

「御用だ」

「ああ、見違えましたぞ」

門番が道を開ける。

御門の内から見ると、追って来ていた男らは加門を見失い、きょろきょろと顔を巡らせていた。

加門はそのまま、本丸の中奥へと向かった。


「わたしだ、いるか」

意次の部屋で声をかけると、すぐに襖が開いた。と、目を見開いて加門の中間姿を見る。

「おう、驚いたぞ」

「この姿で上様の御前に出てはまずいだろうか。着替えに戻ると、お待たせすることになるし、どうだ」

「いや、大丈夫だろう、皆、そなたを待っていたのだ」

意次が先に立ち、廊下を進む。

「上様、宮地加門が参りました」

「よい、入れ」

忠光の返事に、は、と襖を開けた意次は、うしろに控えた加門を目で示した。

「いささか無礼な形《なり》なのですが」

家重と忠光が首を伸ばす。

「かまわぬ」

忠光の声に、加門は中へと進み行った。

「ご無礼いたします」

「ああ、よいよい」忠光が手で招く。

「その姿で探って来たのであろう、さあ、上様のお近くに」

「はっ」

膝行する加門に、家重が身を乗り出す。

動いた口は、申せ、と言っているのが察せられた。

「順に申し上げます」

乗邑の本丸での振る舞いや神尾春央のことなども話す。

話は乗邑が西の丸に赴いたことに及び、屋敷に宗武がやって来たことに進んで行った。やりとりをつぶさに伝えると、家重の顔が大きく歪んだ。

顎がゆっくりと動く。

その口元を見て、忠光が頷いた。

「はい、まだ抗《あらが》う気でいるようですね」

家重の顔に赤味が上《のぼ》り、頬がぴくりと動いた。その手を強く握ると、忠光を見据え、口を開いた。

「こう……れば……あの……案……いた、す」

家重の声に、前もって話し合っていたらしい忠光が大きく頷いた。

「なれば」忠光は意次に向き、官位で呼びかけた。

「主殿頭《とのものかみ》」

「はい」

進み出た意次に、

「明日、また重臣に大広間に集まるよう、伝えるのだ。昼、午《うま》の刻（正午）、明日は登城した者だけでよい。ああ、それと松平乗邑の屋敷にも、登城せよ、と使いを出してくれ」

そう命じた。

「はい」

「それと加門」

「はい」

「明日もまた、大広間の武者隠しに入ってくれ」

「承知いたしました」

明日か……。低頭した加門は、腹の下にぐっと力を込めた。


翌日。

加門は表の入り組んだ廊下をゆっくりと歩いた。

朝、急遽《きゅうきょ》重臣らに招集がかけられたことが瞬く間に広がり、人々の面持ちに緊張が浮かんでいる。

廊下の片隅で交わされる小声に、加門は耳をそばだてる。

「昨日に続いて今日とは……」

「またなにか、御下命があるのだろうか」

「よもや我らにまで沙汰が及ぶことはあるまいな」

「うむ、それを願うばかりだ」

あちらこちらで、声を潜めたやりとりが交わされている。昨日の驚愕《きょうがく》に加え、今日は恐れも加わっているのが、皆の面持ちや声音に察せられた。

無理もない……。加門はひとまわりして、廊下を奥へと戻る。

午の刻の四半刻前に、加門は昨日と同じ襖の中に身を潜めた。

薄暗がりの中で息を潜めていると、やがて足音が伝わってきた。

一人、二人、三人……。じょじょに、人が増える。

穴から覗くと、皆が並んだのが見えた。

乗邑はどこだ……。加門は目を動かす。

昨日は老中首座であったため、中央に座していたが、もうその身分ではない。

あ、いた……。乗邑は一番うしろに座っていた。

人々は顔を伏せ、誰もそちらを見ようとしない。

やがて、前の襖が開いた。

皆が、たちまちに深く低頭する。

家重が正面に着座し、周りに小姓らが控えたのが音でわかる。意次の気配も感じられた。

「面を上げよ」

忠光の声に、皆の上体が少しだけ上がった。

「松平左近衛将監乗邑、前に出でよ」

乗邑は立ち上がると、ゆっくりと前へと進み出た。加門の目にも、その強ばった顔が見えてくる。

正面に座ると、乗邑はかしこまって手を突いた。

忠光が手にした書状を広げたのが、音で伝わってくる。

「上意である。松平乗邑、一万石を召し上げ、隠居を命じる」

加門は思わず、穴に目をつけた。

乗邑が顔を上げ、眉を寄せているのが見える。

忠光が差し下した申し渡し状も目に入った。乗邑はそれを受け取ると、額の前に掲げた。が、その手が震えている。

音はしない。

やがて、人々が唾を呑み込む音が立ちはじめた。

上段で衣擦れが鳴り、家重が立ち上がったのが察せられた。

皆がいっせいに頭を下げる。

家重とそれに従う数人の足音が出て行った。

人々にざわめきが広がる。と、それがやんだ。

乗邑が立ち上がったのだ。

大きな足音を立てて乗邑が出て行くと、ざわめきとともに、人々も出て行った。

人影が消えたのを確かめて、加門もそっと襖を開けた。


中奥へ続く廊下を、加門は足早に進む。

昨日と同じ部屋の前で、意次の姿が待ち構えていた。意次は加門の耳に「驚いたな」とささやく。が、すぐに声を張って、

「宮地加門が参りました」

と、部屋へと告げる。

「よい、中へ」

忠光の声で入ると、そこには、昨日と同じく家重の姿があった。

かしこまって手をつく加門に、

「聞いたな」

忠光が問う。

「はっ」

「うむ、そなたの働き、大儀であったと上様は仰せだ」

「もったいないお言葉」

低頭する加門に、忠光が首を伸ばす。

「その働きぶりを買って、次のお役目だ」

はっ、と顔を上げた加門に、家重と忠光が頷き合う。

「そなたも知っていよう」忠光が顔をしかめる。

「松平乗邑も田安様もなかなかにしぶとい。そなた、この先もかのお方らの動きを探れ。特に、乗邑殿が本当に隠居するかどうか、確かめるのだ」

「はい、承知いたしました」

加門は頭を巡らせる。

老中を罷免されたのだから、もう大名小路の老中屋敷には住めない。そうなると、移るべき所は藩主を務めている佐倉藩の藩邸だ。しかも、隠居となれば、下屋敷に籠もるのが常……。

考えを巡らせる加門に、意次が顔を向けた。

「佐倉藩の下屋敷は青山《あおやま》にある」

「これは……」

礼をする加門に、意次が笑みを浮かべ、小声で付け加えた。

「なに、わたしも慌てて調べたのだ」

加門も目で笑みを返すと、

「お役目、あい務めます」

家重に向かって、改めて手をついた。

第五章　倍返し

一

松平乗邑の屋敷を、加門は遠目から見つめていた。

大きな門の脇戸は開けられたままで、人の出入りが絶えない。隠居という命《めい》を受けて、屋敷中にどよめきが渦巻《うずま》いているようにさえ見える。

加門の目が、横に引かれた。早足で近づいて来る一行が、注意を引いたのだ。

あれは、松平乗祐《のりすけ》殿……。加門は一行の先頭を見つめる。

乗邑の嫡男である乗祐は、跡継ぎとして、佐倉藩の屋敷とこちらを行き来している。

急を聞き、藩邸からやって来たのだろう。数人の供を従えて、松平家の門へと向かって行った。

頭を下げる門番を邪魔そうに払い、乗祐は門の内へと入って行った。

そうだ、と加門はつぶやいた。しばらくの間を置いて、松平家の門へと近づいて行く。こちらを見る門番に、

「佐倉藩邸から参った」

と言うと、門番は会釈をして身を引いた。

よし、と加門は屋敷へと直進する。

慌ただしく行き来する人々は、誰もこちらを見ようとはしない。

乗邑のいる部屋はわかっている。

加門は裏口で草履を脱ぐと、それを懐にしまい込んで、屋敷へと上がり込んだ。

廊下の向こうから、乗祐に付いていた藩士がやって来る。

加門は平静を装い、小さく会釈をした。あちらもそれに返し、すれ違う。藩士がこの広大な屋敷の家臣を、いちいち知っているはずがない。

加門は堂々と歩いて廊下を折れ、目星をつけた部屋へと近づいて行った。

この辺りだ……。加門は部屋に誰もいないことを確かめ、するりと中に入った。襖を開け、もうひと部屋、隣へ行く。引き出しなどが置かれた納戸《なんど》のような部屋だ。

襖越しに向こうの部屋から声が聞こえてきた。聞き慣れた乗邑の重い声だ。

「そうだ、隠居の御下命を受けたのだから、そなたが今日から佐倉藩主だ、しっかりやるのだぞ」

加門はそっと壁際に身を寄せた。襖に寄らずとも、充分に声は聞ける。

「しかし、隠居などと、あまりにも突然……上様とはいえ、あまりにもご無体《むたい》では」

乗祐の言葉に、父はふっと笑いを洩らした。

「そうさな、まさかここまでの手を打たれるとは思うてみなんだ。暗愚と思うて侮《あなど》っていたやもしれんな」

「いや、まさに暗愚。父上のこれまでの功を考えれば、このようなお沙汰、できるものではありません。わたしはかねてより父上が言っておられたこと、昨日、今日で腹に落ちましたぞ。家重様はまさに迷妄《めいもう》のお方」

「ああ、その考えは変わらぬ。愚昧《ぐまい》の者に力を持たせてはいかんのだ。それを上様にも申し上げたのだがな、長子相続を守る、と聞いてはくださらなかった。やれるだけのことはやったのだ、こうなってはしかたあるまい」

乗邑の息が落ちるのがわかった。昨日は勢いのあった息づかいだが、今日はそれが失われている。

「しかし、父上、田安様がおられます、一橋様も……お二人は父上を慕うておられるるのです」

「宗武様は昨日、来られた。やはり、諸侯を説得すると仰せだったがな」

「ああ、やはり……父上が宗武様を将軍にと推されたとき、支持する大名も多くいたではありませんか。宗武様がその方々を動かせば、なんとかなるやもしれません」

乗祐の声は語るに従って熱を帯びてくる。

「乗祐、そなたは若いな」息子とは反対に、乗邑の声は力が落ちていく。

「皆が話に乗ったのは、将軍となる目があると読んだからだ。新将軍に恩を売っておけば、見返りも大きいはず、そう考えてのことよ。その目がなくなれば、背を向けるのみ。むしろ、保身に走り、近づこうとはせんであろう」

「ですが……」

乗祐が膝行する音が聞こえる。

それを退けるように、乗邑の失笑が起きた。

「よいか、隠居だぞ……もはやわたしは大名ですらないのだ」

「しかし、それではあまりにも……そうだ、わたしから田安様に相談してみましょう、さすれば……」

「ああ、よい」乗邑の声が強く遮る。

「宗武様のことだ、またすぐに来られるだろう。あのお方は意地が強い、あっさりと引かれることはなかろう。それもあって、わたしはあのお方を将軍につけたいと思うたのだ。家重様にはない強さがおありだからな」

「はあ、なれば……」

「それよりもそなた、やるべきことが多いぞ。この屋敷は引き払わねばならんのだ、主要な物は上屋敷へと運ぶ。入りきらないものは中屋敷だ。そなたはそのための用意をはじめろ」

「あ、はい」

「それに隠居となれば、わたしは下屋敷へ籠もることになる。下屋敷のようすはどうなっておる。わたしは下屋敷など、見たこともないのでな」

「それは……わたしも一度行ったきりですので。すぐに調べ、手を入れさせます」

「うむ、頼んだぞ。わたしは汚い場所に住むなど、我慢がならんゆえな」

「はい、それはもう、父上のお住まいですから、手抜かりなく調《ととの》えさせます」

ああ、と乗邑の息が吐き出される。

「急げよ。今日、明日で移れとは言われぬだろうが、あまり時はかけられぬ。ぐずぐず居座ることで、権威を手放せぬ強欲者と言われでもしたら、我が家名を汚すことになるゆえな」

「はっ、承知いたしました」

「さっ、では早く藩邸に戻れ」

乗邑の追い立てるような声に、乗祐が立ち上がるのがわかった。

「では、失礼いたします」

乗祐が去って行く気配に、加門もそっと部屋から出る。

と、次の部屋で加門は息を呑んだ。男がいる。武士ではあるがいかにも下役という風情の男がしゃがみ込んでいた。置いた風呂敷でなにかを包んでいる。

ぎょっとこちらを見上げる男を、加門も見返す。が、すぐに姿勢を正すと、微笑みを浮かべた。

「これはご無礼、佐倉藩邸から参ったもので、迷ってしまいまして」

「さ、さようで、ご、ご苦労様です」

男は風呂敷包みをうしろに隠す。

おそらく、どさくさに紛れて、屋敷の物を持ち出すつもりなのだろう。

「では」

加門は横をすり抜けて廊下へと出る。

廊下の向こうを乗祐の一行が歩いて行く。

加門は廊下から庭へと下りるとそっと裏門へまわり、屋敷をあとにした。

お伝えせねば、と加門は本丸へと向かった。


数日後。


「戻りました」

御用屋敷に帰った加門は、奥から出て来た父に出迎えられた。

「おう、加門、待っておったぞ」

顔には朗らかな笑みが広がっている。

「なにかありましたか」

「おう、あったのだ、とにかく上がれ」

父について居室に行くと、そこには母がいた。母の光代は夫以上に満面の笑みを浮かべている。加門もわからないままに、つられて頬が弛んだ。

「聞け、加門」父が胸を張る。

「わたしはまた出仕することになった」

「え……ですが、隠居の身で……」

「ふむ、それはそうだが、このたびは特別の計らいなのだ。実はな、家督相続の許しを願い出た折に、もしできれば、わたしはなおも仕事をさせていただきたい、と付け加えておったのだ」

「そうだったのですか」

驚く加門に、父はぽんと息子の肩を叩く。

「なに、考えてもみよ、そもそも我ら御庭番は、大御所様がおつくりになった役。公方様よりじきじきの命《めい》を受ける仕事であるから、この先、代々の将軍に仕えていくことになる。ゆえに、こたびもそなたらは本丸に残った」

「はい」

「なれど、だ、大御所様は西の丸においても、政《まつりごと》から引かれるわけではない。家《いえ》康《やす》公と同じくな」

なるほど、と加門にも父の考えが読めてきた。

「大御所様に仕える御庭番を西の丸に置く、ということですね」

西の丸にも、もともと少数の御庭番はいる。しかし、吹上の庭の警護などが、主な仕事だ。

「うむ、わたしはいずれそうなるのではないかと踏んでな、予《あらかじ》め願い出ていたというわけだ。そなた、大御所様が小菅から戻られたのは聞いたか」

「はい、昨日、お戻りになったと」

「うむ、大御所様も我らが必要と考えられたに違いない。今日、決まってな、西の丸にも新たな御庭番が仕えることになったのだ」

「そうでしたか。そうなれば、人が足りないでしょうから、当面は隠居の者も出仕できそうですね」

「ああ、そうなるだろう。この先は別家を立てて、家を増やすことにもなろうがな。そうなれば西の丸でも、御庭番の出仕が続いていくかもしれん」

「なるほど、それもまた、我らにとってよいことですね」

「ああ、仕事がなくなることはない」

父は口を開けて笑う。

「ええ、ようございました」母が割って入る。

「それで、いつから行かれるのです。明日ですか」

母の笑顔は晴れやかだ。

「明日ではない、三日ののちからだ」

父の言葉に、母の眉間が寄った。

「まあ、さっそく行かれればよいのに」

「なにを言う、我らが決めることではない、お達しに従うまでだ」

あら、と母は肩をすくめた。

そうか、と加門は苦笑をかみ殺す。母は父が家にいることで、なにかと大変な思いをしていたのだろう。

「よかったですね」

加門の言葉に、父が大きく頷く。

「うむ、真に。隠居などして一日中家におると身体がなまる。危うく具合が悪くなるところであった」

「ええ、ええ」母も同じように頷く。

「そうですとも、病になるところでしたわ」

加門はこらえきれずに吹き出す。

「どうした」

父の怪訝な顔に、加門は、

「いいえ、なんでも」

と慌てて手を振った。

「まあまあ、加門もうれしいのでしょう」

本音を見抜いたらしい息子に、母が目で制す。

「はい、母上もお喜びのようでなによりです」

こほん、と母は咳を払う。

「そうですとも、旦那様のお喜びは家の喜び。ありがたいことです」

「よし、では祝いだ、酒をつけてくれ」

笑顔の戻った父に、母も「はい」と笑んで立ち上がった。

二

大名小路で、加門は足を止めた。

松平乗邑の屋敷の前がざわついている。

門が開け放たれ、人足や荷車が中へと入って行く。荷物を運ぶために、人足らを雇ったのだろう。

しめた、と加門は踵を返し御用屋敷へと戻った。

顔を浅黒く塗り、人足姿に身を変えて戻って来る。と、荷車を押す人々のなかに身を入れた。

屋敷の庭には、中から運び出された荷物が積まれている。木箱に入れられた物や布に包まれた物も多く、中はわからない物も多い。が、屏風《びょうぶ》や掛《か》け軸《じく》などは紐《ひも》で括《くく》られているだけで、ひと目でわかる。作りのよさまでもが見てとれた。

すごい数だ……。加門は目を瞠《みは》った。大名や商人からの献上品であることは明らかだ。浮かんでくる苦笑を抑えきれずに、家重様への献上品よりずっと多いな、と胸中でつぶやいた。西の丸への献上品は大名からだけであったが、こちらは商人からの贈り物であろう、と推察される物が多い。

「おら、そこの若いの」

加門の背中に声が飛ぶ。

「ぼやっとしてねえで、こっちの荷を運びな」

「へい」

加門は男が手で示すとおり、積まれている荷物を荷車へと移した。

それを繰り返し、目の前の山は消えたが、気がつけば隣に新たな山ができていた。

加門は手拭いを頭に巻くと、腰を入れて、荷物に当たった。

「よいしょ、な、と」

人足の声が吐き出される。

「せえの」

「あいよ」

かけ声もあちらこちらから上がる。

加門は荷を荷車に下ろすと、指図をしている男を見上げた。

「これはどこに運ぶんですかい」

「ああ、番町《ばんちょう》の佐倉藩上屋敷だ。坂を登ることになるぞ」

「へえ、そいつはてえへんだ」

加門は首の汗を拭った。

「まあな」男は片目を細めた。

「けど、日銭はいいから、やりがいはあらあな、おっと、こいつは縄の縛りが緩いな、坂でほどけると大変だから、緩いのを見つけたら、縛り直してくれよ」

「へい」

加門は答えつつ、そうか、と腹で納得した。上屋敷への荷物、ということは乗邑はまだ、動かないということだな……。

加門は手元の緩い縄をほどき、縛り直す。

屋敷の内でも、数人の家臣らが荷造りをしている。

「この先、どうする」

「ううむ、とりあえずは国に帰ってみるか」

交わされるささやきに、加門は耳を立てる。

「そなたは淀藩《よどはん》から来たのだったな」

「ああ、そなたは亀山藩《かめやまはん》であろう」

「お互い、遠いな」

「なにをいう、唐津藩《からつはん》から付いて来たお方もいるのだぞ」

松平乗邑はもともと三代目唐津藩主だった。

松平を名乗る家は多いが、乗邑の血筋は家康に仕えた松平十八家のなかでも家格が高い。最初に尾張近くの大給《おぎゆう》の地を賜ったために大給松平と呼ばれる。

譜代大名として吉宗に仕えた乗邑は、その才を買われ、大坂城代《おおさかじようだい》に抜擢《ばつてき》された。その後、唐津藩主から鳥羽《とば》藩主、亀山藩主、淀藩主と転封《てんぽう》を重ね、江戸に近い佐倉藩主に取り立てられて今に至っていた。

そうか、と加門は耳をそばだてながら納得した。転封の際、気に入った家臣を連れて出たため、さまざまな国の家臣が集まったのだな……。

「しかし、残れる者もいるのであろう」

「ああ、だが、上屋敷や中屋敷、下屋敷にそれぞれほんのひと握りだ」

「致し方なかろう、藩邸にはもともと佐倉藩士がおるのだ」

「うむ、我らはこの老中屋敷あってのものだったのだな」

溜息混じりの言葉に、加門は小さく顔を向けた。

皆が項垂れるなか、一人が顔を上げる。

「まあ、国に戻れば我が本家があるのだから、なんとかなるであろうよ」

「そうだな、それしかあるまい」

「しかし、わたしは江戸を離れたくないな」

「なにをいう、帰る国があるだけ恵まれているのだぞ」

「そうよ、江戸で召し抱えられた者など、また浪人に戻るだけだ」

皆が頷き合い、その首がまた折れていく。

「まあ、一寸先は闇、とはよく言ったものだ」

「まったく……よもやこのような事態になろうとはな」

「公方様を軽んじてはならぬ、ということか」

「馬鹿、よせ」

「しっ」

周りが口に指を立てる。

「そら」一人の男が大声を上げげた。

「この荷物、外へ運ぶぞ」

荷を抱えて出て行く家臣に、別の者も続く。

庭では、つぎつぎに荷物が積まれていく。

それを荷車に積む者、縄で縛る者など、大勢のかけ声などが響く。

それを背中で聞きながら、加門も荷造りを続けた。と、ふと静寂が生まれた。

そっと顔を上げて、加門は振り返る。

二人の男が、門から玄関へと向かって歩いている。皆、かしこまってお辞儀をしたため、かけ声がやんだのだ。

来たな、と加門は二人を見つめた。宗武と宗尹の兄弟だ。

玄関へ入って行くのを確かめると、加門は早足で庭を奥へと進んだ。辺りには荷運びをする人足や武士らがいるが、皆、己の仕事に熱中し、人のことなど見ていない。

加門は素早く、廊下の端から屋敷へと上がり込む。

二人が通されるのは、先日、乗祐が訪れた乗邑の部屋のはずだ。

位置を思い出しながら、加門は先日潜んだ部屋へと向かった。

片隅で息を潜ませ、加門は聞き耳を立てる。

まだ、二人は通されていないらしい。

廊下から足音が近づいて来る。

乗邑が立ち上がる気配がし、足音が止まった。

「これは、お二人お揃いですか……さ、どうぞ」

「失礼します」宗武の声が近くなった。

「荷物を運び出していると聞いて、慌てて参ったのです。もう移られるのですか」

「いやいや」乗邑の声だ。

「とりあえず、上屋敷に移すものを運ぶだけ。下屋敷はまだ修繕が終わっておりませんでな、わたしが行くのはもう少しあとになります」

「そうでしたか……しかし、よもや隠居まで命じるとは……」

「うむ、わたしもここまでとは……ま、そちらに」

三人の座る音がした。

「実は」宗武の声だ。

「父上にお目通りを願ったのですがなかなか叶《かな》わず、昨日、やっとお会いできたのです。こたびの一件、あまりにも理不尽ゆえ……」

兄の言葉に、宗尹が続ける。

「ええ、大御所様のお力を以て、お取り消し願おうと、二人で相談したのです。ですが……」

「ふうむ、お聞き入れてはくださらなかった、と」

乗邑の言葉に、宗武が声を荒らげる。

「今は家重が将軍、そなたらは家臣であるのだから命《めい》に従え、と」

「将軍などと……下命さえ小姓に読ませてる将軍だというのに」

宗尹の声はあざけるように揺れる。

乗邑は二人を窘めるように、重い声になった。

「ふうむ、しかし、大御所様のおっしゃることも道理。すでに家重様は公方様となられたのですから、我らは従わねばなりませんな」

「従う、と……それでよいのですか、将監殿は」

宗武の声が弾《はじ》けた。

ふう、と乗邑の溜息が洩れる。

「こうなってしまっては、もはや打つ手はありませんな。わたしはすべての力を取り上げられ、もう裸も同然……すでに怒る気も失せましたわ」

溜息から自嘲の笑いに変わっていく。

「いいや、まだあきらめてはなりません」宗武の拳が畳を叩いた。

「まだ、道はあるはず。先日の大広間で、兄に初めて対した者もいることでしょう。あの様を見れば、将軍には相応《ふさわ》しくない、と思ったに違いない」

「そうですとも」宗尹も続ける。

「人となりではなく、生まれた順で身分が決まるなど、理にかなった道ではありません。長子というだけで跡継ぎに据えるから、碌《ろく》でもない藩主が生まれるのです。国を潰してしまった跡継ぎがどれだけいることか」

二人の勢いに、乗邑がふっと冷めた笑いを洩らした。

「しかし、それを支えるのが家臣の役目。もはや公方様が決まってしまった今、お二人の道も決まったということでしょう」

「それが……」宗武の声がしゃがれる。

「我慢ならぬのだ」

しん、と音がやむ。

「まあ、宗武様はまだお若い。あきらめられぬというお気持ちはわかる。わたしはもう土俵《どひょう》から出された身ゆえ、お役に立てないのは残念ですがな」

乗邑の言葉に力はない。

そこに「殿」という声が廊下側からかかった。

「なんだ」

「ご無礼を。荷物のことで御判断を仰ぎたきことが」

うむ、と乗邑が立ち上がるのに続いて、二人も立つ気配が伝わってきた。

「では、我らもお暇《いとま》いたします」

三人が廊下へと出て行く気配に、加門もそっと部屋を出た。


中奥の詰め所で、加門は筆を手に考え込んでいた。

昨日の宗武らのことを伝えに行こうか、それとも書き記して渡そうか、と迷う。おそらく上様はお忙しいだろう、やはり書くか……と、筆に墨をつける。が、廊下からかかった声が、その手を止めた。

「加門、いるか」

意次の声に加門はおう、と襖を開ける。

「ちょうどよかった、そちらに行こうかどうしようか、迷っていたところだ」

「そうか、上様は大奥に行かれたのでな、わたしは空いたのだ、外に出よう」

頷き合いながら、二人は中奥から御広敷門へと向かう。人気《ひとけ》のない白鳥濠の石垣へと歩きながら、加門は、

「実はな、昨日、松平乗邑の屋敷に入ったのだ……」

宗武と宗尹の兄弟がやって来たことを話す。

「そうか、やはりな。宗武様があっさりと引き下がるはずはないからな」

「ああ、これを上様にもお伝えせねばと思って、いっそ書き記そうかと筆を執《と》ったところだった」

「そうか、ではわたしから申し上げておこう」

頷き合いながら、二人は木の下を歩く。頭上からは色づいた葉が落ちてくる。

おや、と意次が足を止めた。

目の先に女の姿が現れたためだ。

大奥の女中数人が、手に小さな紅葉《もみじ》の枝を持って、笑い声を撒きながら歩いて来る。

二の丸の庭から、汐見坂を上って来たに違いない。

「紅葉狩りだな」

木立の陰から、二人は御広敷門に戻って行く奥女中らを見送った。

あっと、加門は声を上げた。

遅れて現れた奥女中の姿があった。腕に多くの紅葉の枝を抱えて、よろめきながら歩いている。

「美鈴殿」

「知っているのか」

「ああ、この白鳥濠からともに落ちた安藤美鈴殿だ」

「ほう、あのお女中か……あっ」

意次も声を上げる。

美鈴の腕から、大きな枝が一本、落ちたからだ。

思わず走り寄った加門が、その枝を拾い上げた。

「あ……まあ、宮地殿」

「はい、お久しぶりです」

あとからやって来た意次も、美鈴に微笑む。

美鈴は困ったように、加門の持つ枝を見た。

加門はその枝を、腕に抱えられた多数の枝の中に戻そうと手を伸ばした。が、うまく入らない。

「どれ」

意次も手を伸ばし、枝を動かした。

「あの、もう結構です。殿方とこのようにしているのを見られたら……」

美鈴が退くのと同時に、差した枝はうまく収まった。

「いや、そうでしたね」

加門も退く。と、同時に大奥の御殿を見やった。

「これを一人で持たされたのですか」

はい、と美鈴は消え入るような声で頷く。

「しかたありません、わたくしは大奥の恥さらしですから」

加門と意次は顔を見合わせる。

では、と美鈴はおぼつかない足取りで歩き出す。が、小さく振り返ると、

「ありがとうございました」

と、頭を下げた。

二人も会釈を返して、よろよろと門へと入って行く美鈴を見送った。

「いやがらせを受けているのだな」

意次のつぶやきに、加門もふっと息を吐いた。

「せっかく戻ったのに、針の蓆《むしろ》というわけか」

「いっそ、大奥から下がったほうがよいのではないか」

意次の問いに、加門は首を振って、

「いや、それがな……」

安藤家の内情を改めて、つぶさに説明した。

「なるほど、行く当てがないというのはつらいことだな」

意次の眉が歪んだ。

三

加門は松平乗邑の屋敷を遠くから見つめていた。

佐倉藩上屋敷への荷運びが終わり、十日ほど後にはまた新たな荷運びがあった。荷物の量が少なかったところを見ると、下屋敷へ運んだに違いない。

おっ、と加門の首が伸びた。

屋敷の門が開く。

中から、乗り物を囲んだ人々が現れた。

乗邑が下屋敷に移るのか……。加門は背を向けると、走り出した。

普段通っている外桜田《そとさくらだ》御門《ごもん》から出て、内濠を渡り、さらに数寄屋橋御門を抜けて外濠を渡る。その外は、町だ。

加門は町中にある幸橋《さいわいばし》御門《ごもん》へと向かう。

おそらく乗邑の一行は、ここを通るはずだ。

小走りで乱れた息を整えながら、御門の前の広場を加門は見つめた。

橋に、一行が現れた。

加門は道の端に身を寄せ、行列を見る。

担がれた乗り物は、老中首座であった頃に使っていた黒塗りの物とは違う。佐倉藩の物らしく、簡素な作りだ。

中にいるのは本当に松平乗邑なのか……。窓を見つめるが、窺うことはできない。下屋敷に着けば、乗邑であることがわかる。しかし、乗邑と見せかけて、別の者が乗っていることもありうる。戦国の世には、しばしば影武者が用いられた、という話を加門は思い出していた。上様はそれを懸念されて、確かめよ、と命じられたのだろう……。加門はそっと唾を呑んだ。

一行が通り過ぎるのを待って、加門もそのあとに続いた。

芝《しば》の方向へと向かって行くのを見ると、途中で右に折れて、青山《あおやま》へと行くのだろう。

やがて海に近い芝の道から、海に背を向けて緩やかな坂を上りはじめた。上り坂では足の運びも遅くなっていく。

しばらく勾配《こうばい》が続いたあと、やっと平らかな道へと変わった。

一帯には武家屋敷が並ぶが、小さな町もある。

おや、と加門は足を止めた。

一行が向きを変えたのだ。

寺の山門へと入って行く。

一休みか……。加門はそっと寺へと近づいた。そうか、休みを取るのなら乗邑が乗り物から下りるはずだ……。はたと思い、寺の中へと身を入れた。

庫裏《くり》の前で、一行が止まっている。

茂みの陰から首を伸ばすと、乗り物の戸が開いているのが見えた。すでに、中にいた者は下りたのだろう。

竹筒の水を飲んだり、汗を拭ったりしながら、供の者らはそれぞれに休んでいる。

寺の小坊主が、皆に茶を配りだし、皆は礼を言って盆から茶碗を取り上げた。

加門は、さらに近くの庭石に近づき、よし、とつぶやいた。庫裏の戸口が見える。

そのまま、一行のようすを見ていた加門は、一人の男に目を止めた。試し斬りを勧められた山之内兵衛だ。姿勢を崩さずに、乗り物の横に立っている。

しばらくすると、山之内が動いた。戸口に向かって、礼をしたのだ。

庫裏から人が現れた。しかし、顔がよく見えない。

加門はそっと庭石から離れ、首を伸ばした。

出て来たのは乗邑だった。

本当に乗邑だったか……。加門は拳を握っていた手を、息を吐きながら開いた。

「もし」

背後から声がかかった。

しまった、と息を呑む。

顔だけで振り返ると、立っていたのは、小坊主だった。手にした盆を差し上げると、

「お茶をどうぞ」

と、にこりと笑う。

一行の何人かが、こちらを見る。

「なんだ、そちらにも誰かいるのか、もう出立《しゅったつ》だぞ」

さ、と小坊主は盆を上げる。

「いや、けっこう」

加門が首を振ると、小坊主はがっかりとしたようすで、背を向けた。僧侶がする足音を立てない歩き方で、庫裏へと戻って行く。

「そら、来い」

供の武士らがこちらに近づいて来る。そのなかの一人は山之内だ。

加門の顔を見て、あっと、声を上げた。

「殿」

叫びながら乗邑へと走って行く。

「あの者が、宮地加門が、おりますぞ」

乗邑の顔がこちらを向く。

こうなれば、と加門は腹に力を込めた。一歩、横に出る。

「ほう」乗邑の顔が歪んだ。

「このような所まで、御苦労なことよ」

「御下命ゆえ」

加門は頭を下げる。

「ふん、公方様はそこまでわたしを疑うておるのか」

乗邑の口の片端が上がる。

供の者らは怪訝そうに加門を睨み、ある者はじりじりと近づいて来た。

乗邑はそれを制するように首を振る。が、目は加門から逸らさない。

「このような沙汰を受けるとは、そなたの働きも功を奏したということかの」

口が歪み、乗邑の顎が上がった。が、すぐに身を返すと、乗り物へと歩き出した。

「参るぞ」

そう言って、乗り込む。

戸が閉められ、担ぎ手が前後から持ち上げる。

動き出した乗り物の、窓が開いた。

加門の前に来ると、乗邑の顔がそこから加門を見上げた。

「安心いたせ、下屋敷に参って隠居いたす。さっさと戻って、上様にもそう告げるがよい」

加門は目顔で頷く。

歩き出した供侍らは、皆、加門を横目で見て行く。山之内は威嚇《いかく》でもするように、ぐっと刀の柄に手をかけた。

出て行った一行に付いて、加門も山門を出る。青山へと向かう行列に背を向けて、加門は来た道を歩き出した。

このままお城へ戻って上様にご報告するか……いや、結局、問題はなかったのだ、急ぐことではないな……。加門は坂を下りはじめた。

医学所の戸を開けると、生薬の匂いが鼻をくすぐった。

加門は目を細めて、奥の薬部屋へと進む。

期待どおり、将翁が薬研車をまわしていた。

「なんじゃ、加門か」

「はい、ちょっと寄りました」

「寄ったとは、用ではないのか」

手を動かしながら、横目で見る。

「はい、こちらで生薬の匂いを嗅ぐと気持ちがほぐれるので、ちょっとお邪魔したくなったのです」

ははは、と笑って、将翁の手が止まる。

「生薬は匂いを嗅ぐだけでも薬効があるんじゃ。好きなだけ嗅いでいけ……そうじゃ、正吾も来ておるぞ、今、薬を煎じておる」

将翁は台所に向かって「正吾」と声を投げた。

「はい、ただいま」正吾が駆けて来る。

「おっ、加門、来たのか」

勢いのまま加門の前に座った。

「ああ、煎じ薬を作っていたのか」

「うむ、最近、治療に行っている病人のためにな。そうだ、そのお人はな、まさに将翁先生の講義どおりだったのだ」

手を打つ正吾に加門は、首を傾げる。

「講義どおり、とは」

「そら、前に話していただいただろう、身分などを失ったお人は病にかかりやすい、という……」

「ああ、あれか」

将翁がこちらを見て、頷く。

「そうれ、言うたとおりであろう」

「はい」正吾が頷き返す。

「まさに、そうでした。このたびの公方様の代替わりで、御役御免になったそうです。小納戸役から小普請組《こぶしんぐみ》にまわされたことで、気力をなくしたのでしょう、身体がだるいと言うのです。ために外に出られないのですが、かといって家でもいたたまれぬ、と……実際、奥方も冷ややかでした」

「小納戸役」加門は眉を寄せた。

「そのお人はなんという名だ」

「安藤様という旗本だが、なんだ、知り合いか」

「ああ、いや……」

安藤美鈴の弟に間違いない。心配は的中したということか……。

「しかしなあ」正吾が肩をすくめる。

「役人というのは気楽なものだろうと思っていたが、上から将棋の駒のように扱われるのだから、楽ではないな」

「そうじゃ」将翁が胸を張る。

「己の裁量で行える医者のほうがよっぽどいい、わかったであろう」

「はい、よくわかりました」

正吾も背筋を伸ばす。

加門の頭には安藤とその妻の顔が浮かんでいた。御役御免となれば、ますます姉を家に迎えることは難しいだろうな……。たくさんの枝を抱えてよろよろと歩いていた美鈴の姿も甦り、加門はふっと息を吐いた。

四

中奥の御小座敷で、加門は語り終えた口を閉じた。下屋敷に向かった乗邑のことを報告したのだ。

「そうか、当人であったか」

答えたのは大岡忠光だが、家重の意を汲《く》んでの言葉だ。

加門の家重への目通りは、この御小座敷でするのが、すでに常になっていた。吉宗とは二人で言葉を交わせたが、家重とやりとりをするには、忠光が欠かせない。加門もある程度は家重の言葉を読み取れるようになったものの、二、三割だ。もしも、誤った理解でもすれば、御下命をはき違えることにもなりかねない。忠光と意次の同席は、もはや当然のこととなっていた。

「隠居を受け入れたということでしょうか」

意次の言葉に、忠光が眉を歪める。

「ううむ、ともかくも、お沙汰を受けた以上は、移るしかあるまい。しかし、これまでにも隠居を命じられたのに、こっそりと上屋敷で暮らしていた大名などもいたというからな、油断はできまい」

「え、そうなのですか」加門は身を乗り出す。

「ですが、大名の隠居が御下命によるものとあれば、大目付様の御配下が確かめに行くのではないですか」

「うむ、行く」忠光がさらに眉を歪める。

「行くのだがな、配下の者は大名の顔をまともに知らぬであろう。年格好が似た者に衣装を着せれば、わからん、というわけだ」

「ううむ」意次が唸る。

「なるほど、たとえ贋者《にせもの》ではと疑っても、下手《へた》なことは問えませんね。本物だったら、無礼千万、とえらいことになってしまう」

「そういうことだ。だが、加門、そなたなら松平乗邑の顔も声もよくわかっている。見誤ることはなかろう」

「はい」加門は唇を噛みしめて頷く。

「承知いたしました」

「まあ、それは急がずともよい。たとえ動くとしても、ほとぼりが冷めてからということになろうからな」

　忠光は家重に向き、

「それでようございますか」

　と問う。頷いた家重が、口を動かした。

　はい、と忠光がそれを言葉にする。

「それといま一つ、表の動きを調べよ。宗武様が頻繁に表にいらしているらしい。誰と話しているのか、知りたい」

「はい、では、そちらはさっそく」

　加門は改めて低頭した。


　裃姿《かみしもすがた》で巻紙と矢立《やたて》を持って、加門は表の廊下を歩く。役人姿で周囲に紛れれば、誰もこちらを気にしない。下級役人は顔を伏せがちにして歩くため、それも都合がいい。

　いくどか廊下を巡った加門は、角を曲がった所で、前を歩く姿に目を止めた。宗武だ。

向かっているのは中庭のある方向だ。

大広間のすぐ横にある中庭に沿って、畳敷きの松の廊下もある。身分の高い者らが行き来する一帯だ。

加門は腹に力を込める。

宗武は中庭間近の部屋へと入って行った。有力な譜代大名が詰める帝鑑之間《ていかんのま》だ。加門もその前に行く。

宗武の声が響いてきた。

「やはり来ておったか」

「はい」

誰だ、と加門は素早く前を通り、中を覗く。

宗武と対しているのは、松平乗祐だった。中には他に、二人の姿も見えた。

襖が閉められたが、声は聞こえてくる。

「これまでは雁之間《かりのま》詰めだったものですから、皆様にはやくお覚えいただかなければ、と存じまして」

隠居した乗邑から家督を継いだため、今では乗祐が佐倉藩主であり大給松平家の当主だ。そうなれば詰所も最も格式の高い部屋に変わる。

加門は廊下の隅に屈《かが》んで耳を立てた。

「なあに」宗武の声が響く。

「そなたは英明であると、お父上から聞いておる。御役をいただけば、手腕を発揮できるであろう。わたしに裁量があれば、すぐにでも取り立ててやれるのだが……」

「いえ、もったいなきお言葉」

なるほど、と加門は思う。これは部屋にいるほかの大名に聞かせているのだな……。

「いや、才ある者を寝かせることは愚策、御政道の障《さわ》りにもなろう」

これは上様への皮肉《ひにく》か……。

「そもそも将監殿、いやそなたの父は、まだよい仕事ができたのだ。かような逸材を脇へ押しやるなど、御公儀にとっても損失……」

衣擦れの音が言葉を遮った。

「田安様、わたしは役目がありますゆえ、御無礼いたします」

人の動く音がして、足音が鳴る。座していた大名の一人だろう。

襖が開き、その姿が廊下に出て来た。

ちらりと加門を見たものの、そのまま去って行った。

「田安様、わたしもこれにて」

もう一人も、ゆっくりとした足取りで出て来る。

その年嵩《としかさ》の大名は、しゃがんだ加門に目を向けた。

「なにをしておる」

「はっ、修繕の箇所を調べております」

低頭する加門に、ふむ、と答えてゆったりとした足音も去って行った。

皆、宗武様に関わりになりたくないのだな……。加門はそっと立ち上がると、中奥へと続く廊下を歩き出した。


「そうか」

加門の報告を聞いて、忠光の顔が弛んだ。家重も目顔で頷いている。

「まだ探索を続けましょうか」

加門の問いに家重は首を振り、忠光に向けて口を動かした。

はい、と頷いてから忠光が加門に向く。

「いや、その探索はもうよい。およそ予期していたとおりであったしな。懸念していたのは、ほかの大名が同調するのではないか、ということだったのだが、その気配はなさそうだ」

忠光は家重に安堵の笑みを向ける。

「ようございましたな」

家重も強ばった口元を弛めた。が、それが開く。

読み取って言葉にしたのは意次だった。

「はい、田安様は折れぬお方でございますな」

家重の口がさらに動くが、読み取れない。が、怒りだけは汲み取れた。

「まもなく十一月ですな」

忠光が含みのある声で言った。


十一月二日。

大広間に重臣が集まった。

数日前に、朝廷からの勅使《ちょくし》が城へ到着している。授与を願い出ていた官位の勅許《ちょっきょ》状《じょう》を携えてきたのだ。

加門は自ら望んで、また襖の中に身を潜めていた。

穴から見える正装した重臣らは、いつも以上にかしこまっている。

上段に座しているはずの家重やお付きの忠光、意次らは見えないが、張り詰めた気配が伝わってくる。

勅使の携えてきた勅許状が読み上げられる。

家重に、征夷大将軍の官位が授けられた。

皆が慶祝して、低頭する。

「さらに」と、読み上げる声が続く。

徳川宗武様と宗尹様に、参議の官位が授けられたことを告げる。

最前に座っていた宗武と宗尹が「はっ」とかしこまった。

加門は耳をそばだてた。

上段で一人、立つ気配がした。

「上様よりのお沙汰がある」

忠光の声だ。

「徳川宗武、ならびに徳川宗尹の両名、明日以降、登城を禁ず」

しんと大広間が静まる。

つづいて、息がつぎつぎに洩れた。が、言葉は誰も洩らさない。

加門は穴に目をつけた。

宗武と宗尹の顔が引きつり、家重を睨みつけている。

上段で家重が立つのがわかった。

「上様、御退出」

声とともに、皆がひれ伏す。宗尹は身を低くするが、宗武は顔を上げたままだ。

家重一行が大広間を出て行くのが、感じられた。

重臣らが動きはじめる。さざ波のようなささやきも広がる。が、誰一人、宗武に近づく者はいない。

皆、そっとその場を離れ、退出していった。

宗武と宗尹の二人だけがそこに残っている。

「兄上」

宗尹の声に、宗武は応えようとしない。ただ、空になった上段を見据えている。

「兄上、とにかく戻りましょう」

弟の促す声に、宗武はやっと固く結んでいた口を開いた。

「あやつ……」

吐き捨てるようにつぶやくと、宗武は勢いよく立ち上がった。踵を返すと、畳を蹴るように、大広間を出て行った。

加門はそっと襖を開けて、大広間から外へと出る。

中奥へ続く廊下を歩くと、そこかしこで立ち話をしている者が目についた。

「首座様に続いて田安様に一橋様とはな」

「倍返しか」

「雪辱《せつじょく》であろうな」

加門は聞き耳を立てながら、進む。

「滅多なことは言えぬな」

「ああ、もう誰も田安様には付くまい」

「いや、これで落ち着くのであればよいことだ」

表を過ぎて、中奥に入ると、廊下の先で意次が待ち構えていた。

「驚いたな」

寄って来た意次がささやく。

「そなたも知らなかったのか」

「うむ、これはおそらく上様と大岡様で決められたのだろう。老中方も驚いておられたからな」

そうか、と加門は北の丸の方角を見た。

「これで城中がうまく治まればよいがな」

「ああ、大丈夫だろう。騒動の種を、皆、遠ざけたのだ」

意次の言葉に加門は腕を組む。

種の一つが本当におとなくしているのか、確かめに行かねばならないな……。

五

青山の道を、小さな風呂敷包みを下げた加門が、辺りを見まわしながら歩く。

目指す佐倉藩下屋敷は、まもなくのはずだ。乗邑が移ったときは途中で戻ったため、初めての道になる。頭に入れた絵図を思い出しながら、加門は一つの門に歩み寄った。

いかにも下屋敷という風情の簡素な門だ。門番もいない。

加門は大きく息を吸い込む。さんざん考えたあげくに選んだ方法だ。

「ごめん」

大声を上げると、少しの間を置いて脇戸が開いた。

出て来た藩士の正面に向き直る。

「城中から参った宮地加門と申す。大殿様にお目通りを願いたいのです。お取り次ぎください」

「お待ちを」

中に入った藩士はまもなく戻って来て、

「どうぞ」

と、招き入れた。

ほっとして、加門は門をくぐる。門前払いか対面か、半々の覚悟をしていたが、賭《かけ》に勝った気持ちになる。

玄関への小道を案内されて行くと、脇で佇む人影に気がついた。

山之内兵衛が、こちらを見据えている。ただならぬ気配に、

「なんだ」

と、背後から首を伸ばしてきた男へ、山之内は振り返ってなにごとかをささやく。

加門はそちらを見ずに、屋敷の中へと入って行った。

曲がった廊下の一番奥に、加門は通された。

「失礼いたします」

入っていた先に、その姿はあった。乗邑だ。

膝をつき、礼をしながら、加門は目を離せずにいた。

脇息《きょうそく》にもたれかかった乗邑は、ひとまわり細くなったように見える。顔にも艶がない。

「ようも、堂々と来たものよ」

その声も、以前のような張りが消えていた。

「はい、ご在宅を確かめよ、との御下命を受けましたので」

はっ、と乗邑の口から笑いが洩れる。

「隠居を命じられたのだ、じっと在宅するしかあるまい」

加門はその顔色《がんしょく》、息づかい、目の力などを順に見る。やはり、な……。と、脇に置いた風呂敷包みを取り上げた。

「これは我が医術の師が処方した薬です。心身を充実させる薬効があります。よろしければ煎じてお飲みください」

「毒か」

乗邑の言葉に、加門は目を見開く。

「とんでもない」

「ふん、家重がわたしを亡き者にせよ、と命じたのであろう」

「違います、この薬はあくまでもわたしの考えで持参したもの……暮らし向きが変わると、衰えが出やすくなるのです」

「はっ、見え透いたことを」乗邑が脇息から身を起こす。

「敵や仇に毒を盛るのは、昔からの習い。驚かぬわ」

冷ややかに笑う乗邑に、加門は風呂敷包みを解いた。

中から小分けにした紙包みを取り出すと、加門はその一つを開いた。

「ご覧ください」

加門は調合された生薬をひとつかみ、口の中に入れる。

乗邑の面持ちが驚きに変わった。

薬をかみ砕き、加門はそれを飲み込んだ。

「毒ではありません」

む、と顔を歪める乗邑に、加門は身を乗り出した。

「ご在宅を確かめて参れ、というご下命を受けて考えたのです。忍び込むこともできますが、正面からお会いするのも一つの道。ですが手ぶらでは厚かましく思い、こうして薬を持参したのです」

真剣な加門の眼差しに、乗邑が顎を逸らす。

「ふん、そうか。しかし、薬はいらぬ。大御所様が先日、奥医師を寄こしてくださったのでな」

「そうよ、我が身をご心配くださり、文もお寄越しくださった。そのほうの気遣いなど無用だ」

白髪の混じった眉を歪めると、加門に向かって首を伸ばした。

「わたしはそなたに言伝《ことづて》があるゆえ、会う気になったのだ。もう、二度と家重……いやすでに公方様であったな……公方様に会うことはなかろうと思うてな」

「言伝……」

「そうよ、宗武様と宗尹様を登城禁止にしたと聞いた。私怨に走り、徳川家を支える兄弟にかような沙汰をくだすとは、やはり家重様は将軍の器《うつわ》に非ず。我が考えは間違っていなかった、とな。そう伝えよ」

ぐっ、と加門は息を呑み込む。

「終わりだ、下がれ」

乗邑が身体を伸ばす。

加門は風呂敷包みを懐に入れると、「では」と立ち上がった。

「そなたと会うことも、もうあるまい。度胸だけはほめてやろう」

乗邑の声が背中に届く。

加門は小さく会釈をすると、部屋を出た。

下屋敷を出て、加門は振り返った。

屋敷の向こうには、野原や畑が広がっている。この一帯は、下屋敷などがあるだけで、閑散としている。

人気《ひとけ》のない坂を、加門は上りはじめた。

と、すぐに背中に気を集めた。

付いて来る者がいる……二人だ……。

加門は辻で左右を見ると、右に曲がった。さらに上り坂になっている道だ。両脇は屋敷の塀だが、先は辻で開けている。

立ち止まって身を翻すと、加門は道の真ん中に立った。

辻から人影が現れた。

「やはり、そなたか山之内兵衛」

加門は先に立った相手に言い放つ。うしろに続くもう一人を見ると、その武士はずいと前に進み出て名乗った。

「わたしは青木左右衛門《あおきさえもん》と申す。山之内と同じく、大殿様に仕えておった」

山之内が青木の横に並ぶと、すらりと刀を抜いた。

「宮地加門、そのほう、大殿様罷免の種を撒いたそうだな」

「そのような大きな仕事はしていない。事実を報告したまでのこと」

加門もすっと刀を抜く。

「ふん」青木も白刃を構えた。

「その報告のおかげで、我らも御役御免。浪人に逆戻りだ」

そうか、と加門は二人を見た。

乗邑の老中屋敷が大きくになるつれ、人も増え、多くの浪人が召し抱えられたと聞いている。山之内も青木も、そうして家臣となったに違いない。

「あの下屋敷にいるのではないのか」

加門の問いに、山之内がふんと鼻を鳴らす。

「行く当てもない我らを、大殿様のお情けで年内いっぱい置いてくださるだけだ」

「そうよ、寒い正月から路頭に迷うのだ」

青木はそう言うと、腕を振り上げた。

気合いとともに、突進して来る。

振り下ろされる刀を加門は眼前で受けた。
それを弾き、加門はうしろに跳ぶ。
その脇を狙って、山之内が斬り込んで来た。
横に身をひねり、それを躱す。
さらに一歩、うしろに下がった。道は上りだ。
二人の切っ先が加門に狙いを定め、静止する。
どちらを先にやるか……。加門は見比べる。
山之内は眼が充血している。気が上がっている証《あか》しだ。
青木のほうは、目が据《す》わっている。が、腰が引けている。
こっちだ……加門は青木へと跳んだ。
右腕を斬りつけ、身を翻す。
青木の腕から刀が落ちる。
「こやつっ」
山之内の剣が頭上から降ってくる。
が、こちらのほうが立つ位置が高い。
剣を下から払うと、山之内がよろめいた。

その隙を縫って、加門は前に踏み出す。

傾いた相手の肩に、刀を落とした。

その力を受けて、山之内は倒れる。

「きさま」

右腕を押さえた青木が、左手で脇差しを抜く。

「やめておけ」加門が向き直った。

「これ以上やれば命も落とすことになる」

「ふん、こうなれば命など惜しくないわ」

青木が脇差しを振りかざした。

加門は身を伏せて、躱す。

「命があれば道もある」

加門は、そう言いながら、青木の脇腹を峰で打つ。

「くそ」

身を崩す青木の横で、今度は山之内が身を起こす。

が、加門は立ち上がる前に、鳩尾《みぞおち》に峰を打ち込んだ。

ぐっ、と呻きとともに身体が折れて、崩れ落ちた。が、それでも足を踏み出そうとする。

「これ以上は無駄だ」

加門は二人を見ながら、刀を納める。

踵を返すと、坂を走り出した。


加門は少し顔を上げて、家重を見た。

下屋敷での乗邑とのやりとりを告げるに従って、少しずつ、面持ちが強ばっていく。

ありのままに報告をするのはいかがなものか、とためらった気持ちがまた浮上した。

が、それを相談したときに、意次はこう言った。

〈包み隠さず申し上げたほうがいい。なに、わたしも援護する〉

吉宗が奥医師や文を送った件《くだり》になると、やはり家重の顔が歪んだ。

「ほう」口を開いたのは忠光だ。

「大御所様は上様のご裁断を許されたので、少々、お気になさっておられるのやもしれませんな。長きにわたって仕えた重臣ゆえ、情もおありなのでしょう」

家重の顔が少し和《やわ》らぐ。

加門はぐっと唾を呑み込んで、乗邑の言伝を口にした。

見る見る家重の顔が強ばる。

「は、それは……」

失笑を洩らしたのは意次だった。皆の目が集まるなか、意次は咳を払う。

「いや、ご無礼を……しかしながら、松平乗邑、己が兄弟対立の種を蒔《ま》いておきながら、筋違いも甚《はなは》だしきこと」

「うむ」忠光も苦笑を見せる。

「矛盾《むじゅん》に気づかぬとは、かつての英明も衰えたということでしょうな」

家重の面持ちがまた和らぐ。

さすが御小姓だ……。加門は忠光と意次を見た。

「以上でございます」

報告を終えた加門に、家重の口が動いた。

大儀であった、と読み取れる。

「はっ」

低頭する加門に、意次が目顔で頷いた。

六

御用屋敷で身支度を調えていた加門は、戸口へと耳を向けた。

千秋の声だ。十日後には婚礼を挙げることになっている。

廊下に出ると、やって来た千秋とかち合った。

「みかんをいただいたのでお持ちしたのです。お母上にお渡ししましたから、召し上がってくださいね」

にこやかに笑む千秋に、加門も微笑み返す。

「それはありがたい。では、明日、戻って来たら食べることにしましょう」

「まあ、今日は宿直《とのい》ですか」

「ええ、ちょっと早めに行こうと思って」

歩き出す加門を見上げて、千秋も横に付く。

「わたくし、手槍《てやり》を習っているのです」

「手槍ですか」

「ええ、薙刀《なぎなた》はずっと習っていましたけど、わたくしいつも思っていたのです。あのように長い物、広いお城や戦場《いくさば》ならば便利でしょうが、狭いところではいかにも不便。ですから、狭い家や屋敷でも使える短い手槍を習うことにしたのです」

加門はまじまじと千秋を見る。

「手槍を使うつもりなのですか」

「ええ、加門様のお役に立つ妻になるつもりですから」

「いや」加門は吹き出す。

「その方面では別に……普通の妻で充分です」

「あら、普通のことはもちろんできます」千秋が胸を張る。

「なれど、普通の妻ならば、なにもわたくしである必要はありません。わたくしは替えのない妻になりたいのです」

「はあ、なるほど」

千秋殿らしい……と思うと、加門の笑いはとまらない。

「まあ、なにがおかしいのです」

頬をふくらませる千秋に、加門は手を振る。

「いや……頑張ってください」

戸口の土間に下りて、加門は「では」と会釈をする。

千秋はすっと膝をつくと、頭を下げた。

「行ってらっしゃいませ」

「行って参る」

加門も礼をする。と、互いに顔を上げ、笑顔で頷き合った。

外に出ると、加門は吹きつける北風に目を細めた。が、その目に映った人影に、歩き出した足を止めた。

「宮地殿」

木陰から出て来たのは、安藤美鈴だ。

「や、これは」

止まった加門の正面にまわり、美鈴は頭を下げる。

「いつぞやはお見苦しい姿を見せ……」

「ああ、いや」

両腕に紅葉の枝を抱えた姿が甦る。

が、すぐに上げた顔は晴れやかだ。

「宮地様、わたくし、大奥から下がることになりました。なので、お世話になりました養生所の篠山様にご挨拶に……そして、なによりも宮地殿に……」

「えっ……しかし……」

弟はお役御免に、と言いかけてそれを呑み込む。

美鈴はちらりと城のほうを見た。

「実は、三十年以上、大奥に務めた者が下がる折には、褒美《ほうび》の一時金がいただけることになったのです。上様のご温情です」

「え、そうなのですか」

「はい。これも宮地様のご尽力と存じまして、こうしてお礼に伺ったのです」

あ、と加門も城を見た。おそらく意次が、いじめに遭《あ》っていた美鈴のことを、上様に話したのだろう……。

「いや、わたしの力ではありません。上様は下の者を思いやるお方ですから、大奥にご配慮をなさったのでしょう」

加門の笑顔に、美鈴も眼を細める。

「ええ、よい上様と、皆も申しております」

かつての翳《かげ》が消えた笑顔に、加門はほっとする。

「しかし、よかった」

「はい。わたくし、小さな町屋を借りて、仕立てを教えるつもりです。自ら針を持つ家は永代寺の近くで……」

「ああ、それはいいですね……そうだ、深川を訪ねるといいですよ。以前、大奥に仕えていた小里さんと春乃さんというお人がいて、皆さんのお世話もしているのです。のは難儀でも、教えることはできますから」

加門が場所を説明すると、美鈴は真剣に聞き入った。

「まあ、なれば、行ってみます」美鈴は手を合わせる。

「よかった……実はずっと大奥で生きて参りましたから、町に出るのは少し怖かったのです。頼れるお方がいると聞いて、今、身体の芯《しん》が軽くなりました、ありがとうございます」

深々と頭を下げる美鈴に、加門は笑みで頷く。

「お元気でお過ごしください」

加門も晴れ晴れとして、これから向かう城を見上げた。

中奥に上がると、いつもより人が多いのに気がついた。

なにかあったのか……。加門は奥へと続く廊下を進む。

覗き込んでいると、数人の人影が部屋から出て来るのが目に入った。先頭にいるのは家治だ。

家重の長子である家治は、吉宗が期待をかけ、手元で育ててきた。異議を唱える者はいなかったものの、親と子が離されていたことに違いはない。

家治は外へと向かって歩いて行く。西の丸に戻るのだろう。

一行が去って静かになると、加門は詰め所に戻るために、踵を返した。が、すぐに「加門」という声に呼び止められた。

意次が手招きをしている。

「なんだ」寄って行った加門は小声で問う。

「出て来て大丈夫なのか」

「ああ、上様は萬二郎様を戻されるために大奥に行かれたのだ。家治様が見えていたのでな、弟君を会わせようと、萬二郎様をこちらにお連れしていたのだ」

次男の萬二郎は、父の元で育っている。

「庭に出よう」

意次の言葉に、加門も頷く。

中奥の庭から大奥の裏へとまわって行く。かつてそこにあった天守《てんしゅ》は火事で失ったまま、石垣と盛り土だけが残っている。高台の際に立つ天守台に、木枯《こが》らしが吹きつけていた。

庭の西側へと抜けながら、加門は美鈴のことを話した。

「そなた、上様に申し上げたのではないか」

「ああ、言った。大奥のことはお城の大事。小さな揉《も》め事《ごと》も放っておけば、大きな障りになりかねないしな」

「それはそうか」

「ああ、それに上様にお伝えすれば、善処してくださると思った」

意次はにこりと笑って、西の丸の方角を見た。

「上様は最近、家治様に将棋をお教えになっているのだ」

「へえ、上様はお強いから、家治様も上達されるだろうな」

「ああ、お血筋だろうな、家治様は筋がよい、と上様もお喜びなのだ。家治様もすっかり将棋をお気に召して、お二人で飽《あ》かずに向かい合っておられる」

「そうか、よいことだな」

「ああ」

二人は木の下に立ち止まった。

そこから大奥から表へと連なる、壮大な本丸御殿を眺める。

「この先は上様の世だ」

意次が胸を張る。

「いよいよだな」

加門も大きく息を吸う。

頭上の枝が風で揺れ、葉が音を立てて舞い散った。

時代小説
二見時代小説文庫

新《あたら》しき将軍《しょうぐん》 御庭番《おにわばん》の二代目《にだいめ》7

著者 氷月《ひづき》 葵《あおい》

発行所 株式会社 二見書房
東京都千代田区神田三崎町二-一八-一一
電話 〇三-三五一五-二三一一［営業］
〇三-三五一五-二三一三［編集］
振替 〇〇一七〇-四-二六三九

印刷 株式会社 堀内印刷所
製本 株式会社 村上製本所

落丁・乱丁本はお取り替えいたします。
定価は、カバーに表示してあります。

 ISBN978-4-576-18074-8
http://www.futami.co.jp/

喜安幸夫

隠居右善《うぜん》 江戸を走る シリーズ

以下続刊

① つけ狙う女
② 妖かしの娘
③ 騒ぎ屋始末
④ 女鍼師《はりし》 竜尾《たつお》
⑤ 秘めた企み
⑥ お玉ヶ池の仇《あだ》

北町奉行所の凄腕隠密廻り同心・児島右善は、今は隠居の身を神田明神下の鍼灸療治処の離れに置いている。美人で人気の女鍼師竜尾の弟子兼用心棒として、世のため人のため役に立つべく鍼の修行にいそしんでいたが…。

二見時代小説文庫